Ruhrstadtstories

» Hotel Garni «

vorübergehend abgestiegen

Edition BOD

Bibliografische Information der Deutschen Bibliothek:
Die Deutsche Bibliothek verzeichnet diese Publikation in der Deutschen
Nationalbibliografie;
detaillierte Daten sind im Internet über
<http://dnb.ddb.de> abrufbar.

Herausgeber: © 2005 Herbert Menzel
Illustrationen: © Herbert Menzel, Koblenz
LektoratAnette Bohlmann, Claudia Grün
<http://www.ruhrstadtstories.de>
info@ruhrstadtstories.de

© 2006
Herstellung und Verlag: Books on Demand GmbH, Norderstedt
ISBN 3-8334-2772-8

Ruhrstadtstories

» Hotel Garni «

vorübergehend abgestiegen

Edition B**o**D

Inhalt

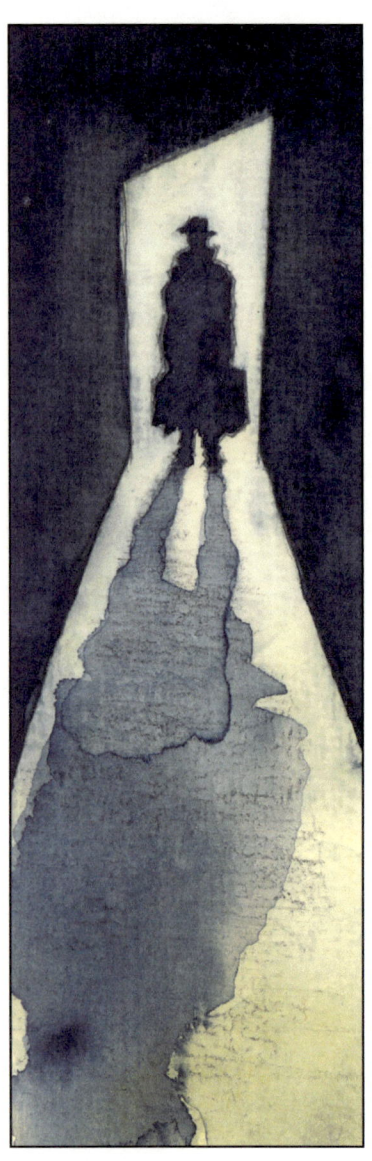

Ich muss irgendwohin gehen, sagte ich
Und einen anderen Ort gibt es nicht.

Cornell Woolrich, Die Nacht hat
tausend Augen

Tief purpurn

von Tobias Lobstädt

Kurt Kessler hatte das Hotel nicht mehr betreten, seitdem sie es stillgelegt hatten. Der Empfangsraum lag im Dunkeln. Nur einige Sonnenstrahlen drängten durch die Bretterritzen der vernagelten Fenster. Staub schwebte träge in den Lichtschneisen. Behutsam ließ er das Brecheisen auf den abgewetzten dunkelroten Teppich gleiten. Der Raum kam ihm jetzt viel größer vor. Wahrscheinlich die Dunkelheit, dachte Kurt. Dabei waren die Schritte des Mannes seit seinem Ruhestand einfach kürzer geworden. Und er hatte auch nicht mehr den alten Gang. Seinen Gang, mit dem er geschäftig tat, wenn er schnurstracks durch das Hotel marschierte. Nicht dass er in seinem ganzen Arbeitsleben als Portier auch nur an einem Tag . in Eile war. Nein, seine gespielte Betriebsamkeit rettete ihn schlichtweg vor der einen Sache, die ihm wie nichts auf dieser Welt auf die Nerven ging – das Plaudern mit den Gästen.

An der Rezeption gab der Portier der Klingel auf der Theke einen Klaps. Das Schellen verhallte in der Dunkelheit. Da war das Fremdenbuch und der Block mit den Meldezetteln. Die Schatten der Brieffächer im Ablageregal, das Schlüsselbrett in Schemen. Er hatte sich hier wohl gefühlt. Auch wenn es nicht gerade das Adlon war, denn das wusste er am allerbesten. Bis 1952 hatte er dort in Berlin als Page gearbeitet. Im Seitenflügel, den der Feuersturm am Ende des Krieges übrig gelassen hatte und den die Kommunisten weiter als Hotel nutzten. Und trotzdem immer schick und in original Adlonuniform. Später machten sie dann ein Lehrlingswohnheim daraus. Das war bevor er ins Ruhrgebiet ging, als einer der über zwei Millionen, die nach der Teilung über die offenen Sektorengrenzen nach Westen wanderten.Auch wenn das hier nicht das Adlon war, dachte er. Dann hatte Kurt Kessler vergessen, worauf er hinaus wollte.

Er schellte erneut, nur um das Geräusch nach den Jahren noch einmal zu hören, wartete, als habe er nach sich selbst geläutet und komme gleich aus dem Büro um nachzusehen. Aber nichts tat sich. Als er es nicht mehr aushielt, schritt er hinter den Tresen. Kurt öffnete den Sicherungskasten und machte Licht. Die Nachkriegsleuchtreklame über ihm warb jetzt wieder für frisches D.A.B. Ein weiterer Schalter und die Milchglasscheibe in der Tür zum Frühstücksraum wurde hell. Sein Blick wanderte über die Wasserflecken auf der Fasertapete am anderen Ende des Empfangsraums. Alles hatte seinen alten Platz. Das gerahmte Ölbild mit dem Drachenfels am Rhein, die Kunstledersitzgruppe, der Rauchtisch, der Zeitungsständer. Willkommen im Hotel Garni!

Garni – das war gar kein richtiger Name für ein Hotel. Garni, das hieß, dass es hier keine warme Küche gab und man den Gästen neben der Übernachtung höchstens noch ein Frühstück zu bieten hatte. So waren es auch selten die wohlhabenden und noch seltener die anspruchsvollen Gäste, die Quartier suchten. Obwohl es die auch gab. Aber Urlaub machte hier niemand, zwischen Schienen und Schloten. Es waren Geschäftsleute, Handlungsreisende. In den Sechzigern auch viele Flüchtlinge aus dem Osten und ausländische Gastarbeiter, die warteten, bis ein Platz in den günstigeren Sammelunterkünften frei wurde. Selten Frauen. Meistens waren es Männer auf der Durchreise, die für eine gute Mark einige Monate Arbeit annahmen, um dann weiter zu ziehen. Nomaden der Schwerindustrie. Hin und wieder auch Gestrandete, deren Schlüssel über Nacht nicht mehr in die eigene Wohnungstür passte. Die Lohntüte beim Trabrennen auf das schnellste Pferd gesetzt, hatte das Mistvieh kurz vor dem Ziel seine Leidenschaft für den Galopp entdeckt.
»Das erklär mal den Kindern. Nüchtern geht das doch gar nicht ...«.
Kurt Kessler kannte eine Menge Geschichten dieser Art.
In seiner eigenen Geschichte war ein Hotelpage aus der sowjetischen Besatzungszone auf dem Weg nach Amerika. Kurt war ebenfalls ein Gestrandeter und im Garni an Land gekrochen. Aber er hatte es sich auf seiner einsamen Insel eingerichtet, auch wenn er noch lange Zeit an jedem Tag auf einen Brief der U.S.-Einreisebehörde gehofft hatte. Doch die Jahre vergingen ohne Antwort.

Er schloss den Sicherungskasten, umrundete den Tresen und schritt auf die kalte weiß leuchtende Glastür zu, hinter der sich der Frühstücksraum befand. Er zögerte einen Moment die Tür aufzudrücken, dann stand er auf den schwarzen und weißen Linoleumfliesen zwischen Stühlen und Tischen, wie die Figur eines Schachspiels, an dem man die Lust verloren hatte. Der Portier ging auf eine rechteckige Kommode zu, die links an der Wand neben der Durchreiche zur Küche stand. Die Kuba-Musiktruhe. Baujahr irgendwann in den Fünfzigern. Dunkelbraun war sie, wie eine Havanna, mit leichten Aufhellungen zur Mitte, als wenn ein letzter Strahl der untergehenden Karibiksonne sich auf ihren Schiebetüren verewigt hätte. Darunter die Schallwand der Lautsprecher mit den goldenen Zierleisten, die auch die Front und die Türgriffe umrahmten. Er nahm den Stuhl von einem der Frühstückstische, setzte sich vor die Truhe und öffnete die rechte Tür. Überrascht blickten ihn die zwei großen Drehknöpfe des Radios im oberen Teil des honiggelben Chassis an. Die maisfarbenen Stationstasten unter der Skala erinnerten ihn immer an eine Zahnreihe mit Überbiss. Im Fach darunter, gelagert auf einer federnden Metallplatte, der Telefunken-Plattenspieler. Tonarm und Wechslerkonstruktion umrahmten eine Langspielplatte wie Baukräne ein Fundament nach Feierabend. Kurt Kessler atmete tief durch, knipste die Kommodenbeleuchtung an und untersuchte den Aufkleber in der Mitte der Platte. Der Portier erkannte sie wieder und es war die B-Seite, die mit dem Stück *Deep Purple* begann. Er schaltete den Plattenspieler an und legte die Nadel in knisternde Stille. Mit geschlossenen Augen lehnte er sich zurück. Klaviernoten perlten die Tastatur hinunter zu einem dunklen Akkord. Dann setzte der amerikanische Jazzsängers Joe Williams ein:

»When the deep purple falls over sleepy garden walls …«
Die tiefe Stimme sang zwischen tausend prasselnden Kratzern, die klangen wie der Fensterregen am Mittag des 12. Augusts 1961.

Der Briefträger tropfte und reichte ihm an diesem Tag einen angeweichten Stapel mit Post und einen Packen überregionaler Zeitungen über die Theke der Rezeption. Es war ein Samstag und selbst das Radio mit dem Überbiss hatte zu diesem Zeitpunkt noch nicht wissen können, dass sie am nächsten Morgen die Grenzen in Berlin schließen würden.
»Scheißwetter, was?«
»Scheißwetter!«, erwiderte Kurt.
»Kein Spaß im Schlamm zu schippen.«
Der Briefträger deutete auf eine Gruppe Arbeiter, die durch das Hotelfenster am Ende des gegenüberliegenden Bahnhofs zu sehen waren.
Zwei Bauarbeiterhelme bemühten sich, in einer Grube das Fundament für ein Bahnsignal vorzubereiten. Davor in lehmverschmierter gelber

Regenjacke der Vorarbeiter, der mit einem Herrn im Anzug unter einem Regenschirm sprach.

»Montag kommt der Beton. Deshalb jetzt noch die Plackerei.« Dem Briefträger brauchte man die Antworten nicht aus der Nase zu ziehen. Er kannte in seinem Revier alles und jeden und liebte es zu plaudern. Für ihn war jede Information nur ein Vorschuss auf Neuigkeiten, die er sich dafür von seinem Gegenüber erhoffte.

»Und sonst?«

»Tja.« Kurt Kessler war heute besonders geizig.

Die beiden Männer schauten aus dem Fenster auf die Pfützen des Bahnsteigs, um die Stärke des Regens zu schätzen. Nach einem langen Augenblick drehte sich der Portier zu den Brieffächern um.

Der Briefträger zog die Kapuze seines blauen Parkas über und schulterte die Posttasche.

»Hauptsache. Werd dann mal.«

Kurt hob schweigend die Hand zum Gruß. Durch das aufgekippte Fenster kündigte eine Gleisdurchsage den 11:24 von Dortmund nach Duisburg an. Er sah die Post durch und sortierte sie für die Gäste. Wieder war nichts für ihn dabei.

Als er die Zeitungen in den Ständer neben der Sitzgruppe legte, las er die Schlagzeile. »Exodus aus SBZ – Neue Flüchtlingsrekorde in Aufnahmelagern. Der freiwillige Massenauszug kennt kein Beispiel in der Geschichte. Allein am gestrigen Tag flüchteten 1532 Menschen in das Aufnahmelager Berlin-Marienfelde vor der kommunistischen Diktatur...«

Was folgte, war die übliche Westpolemik. Jedenfalls würden die DDR-Behörden nicht mehr allzu lange zusehen, dachte Kurt, als er zurück hinter die Empfangstheke schritt.

Mit dem hohen C einer heiseren Operndiva bremste ein Zug im Bahnhof. Ein Schaffner öffnete die Tür des Waggons und stellte einen Koffer auf den Bahnsteig. Eine Frau stieg aus, zupfte erst ihren Popelinemantel, dann ihr kurzes schwarzes Haar zurecht. Sie hob ihren Koffer und sah ihn an, den Mann hinter der Rezeption im Fenster eines Hotels, dessen Backsteinfassade grau vom Ruß der Kohleöfen war und der jetzt gerne gelächelt hätte.

Selbst auf diese Distanz erkannte sie den Portier von dem Foto wieder, das sich in ihrem Koffer befand. Ein Schnappschuss zeigte Kurt Kessler vor einigen Jahren in der Livree des Adlons in Ostberlin. Aufgenommen war das verwackelte Bild zu der Zeit, als er mit den gelegentlichen Botengängen für die Sowjets sein schmales Gehalt als Hotelboy aufbesserte.

Die Unbekannte mit dem Koffer fragte nach einem Zimmer, als sie an der Rezeption vor ihm stand. Sie trug sich unter dem Namen Elfi Bischof ein und erzählte Kurt, dass sie Journalistin einer Illustrierten sei, mit dem Auftrag, eine Reportage über eine Jazzkapelle zu schreiben, die am Abend in der Stadt auftreten sollte. Auf dem Weg vom Bahnhof hatte der Regen ihr Gesicht angefeuchtet und ihre Haut roch Kurt bis hinter den Tresen. Sie duftete wie ...

»Kennen Sie den Jazzkeller?«, fragte die Frau.

Und ob er den Jazzkeller kannte. Seitdem sie den Club vor zwei Jahren aufgemacht hatten, war diese Musik für ihn zu einem Versprechen geworden. An jedem freien Samstag ging er dort hin und so hatte er es auch an diesem Abend vor. Im Jazz träumte er von Wolkenkratzern und fußballfeldbreiten Straßen. Von bonbonfarbenen Cadillacs, die vor Hoteltempeln aus Gold und Mahagoni hielten und von ihm eingeparkt wurden. Das hätte er gerne geantwortet, aber stattdessen blieb er stumm. Die Frau schaute ihm in die Augen und wenn sie auch lächelte, so behielt sie doch einen strengen Blick. Vielleicht, so dachte er, weil er gerade ihren nur etwas zu engen ärmellosen Rollkragenpullover, der beim Ausziehen des Mantels zum Vorschein kam, ebenfalls nur etwas zu lange bewundert hatte.

In der Kubatruhe sprang die Plattennadel. Der alte Portier beugte sich vor und legte den Tonarm einen Millimeter weiter zur Mitte.

»And the stars begin to flicker in the sky...«

Kurt Kessler bewohnte in dem Hotel eine Stube im Dachgeschoss. Eine Pritsche, ein Kleiderschrank, ein Nachttisch mit Waschschüssel. Für mehr war kein Platz. An der Tür ein Spiegel und darin sah er sich die Krawatte binden. Noch rasch den Scheitel nachgekämmt, dann lief er die Treppen hinunter und an der Rezeption vorbei. Für den Nachtportier, der seinen Dienst an der Rezeption begann, hatte Kurt nur ein kurzes Nicken übrig. Kurt konnte ihn nicht leiden und seit er dem Burschen gedroht hatte sich beim Chef zu beschweren, beruhte das auf Gegenseitigkeit. Der Vogel bediente sich im Schnapsregal und verschlief dann den Rest der Arbeitszeit. Das heißt, wenn er nicht gerade den Gästen vorhielt, ihn dabei zu stören. Kurt sprang auf die Straße und machte sich auf zum Jazzclub.

Er marschierte längs der Mauer am Bahndamm und folgte der weißen Hand, die dort mit Farbe als Zeichen für Eingeweihte und Wegweiser aufgedrückt war. Einige Hände waren mit Plakaten zur Bundestagswahl überklebt. »Wohlstand ist für alle da!« las er auf einem blauen Plakat und erkannte den Westberliner Bürgermeister Brandt, den die SPD gegen Adenauer ins Rennen schickte.

Es hatte aufgehört zu regnen, aber die Pflastersteine waren noch nass. Eine Fabriklampe schimmerte in großen Pfützen auf dem Hinterhof. Kurt kletterte über einige umgefallene Fahrräder, stieg die Eisentreppe hinab, öffnete die Kellertüre und trat ein. Der Club war vollgestopft, wie eine Pfanne mit Popcorn. Auf zusammengewürfelten Sesseln saßen Frauen und Männer in den Zwanzigern. Einige waren Arbeiter oder Angestellte in Eisenhütten, Zechen und Fabriken der Gegend. Dazwischen Besucher aus den umliegenden Revierstädten, auch Gymnasiasten und Studenten. Viele kannten sich, schwätzten miteinander, lachten und schauten zwischendurch, ob sich etwas auf der Bühne tat. Ein junger Mann mit Hornbrille, der den Club mit anderen Jazzliebhabern gegründet hatte klopfte dem Portier im Vorbeidrängen freundlich auf die Schulter. Kurt lächelte zurück und stakste weiter, über ausgestreckte Füße und durch dichten Zigarettenqualm, der zwischen einem Flaschenmeer von den Tischen aufstieg. Von der Bar brachte er sich ein Bier mit und fand am Ende des Raums einen Stehplatz.

»Sie mögen Jazz?«

Es lag wohl am Rauch, dass er erst jetzt ihren Geruch wahrnahm. Die Frau vom Vormittag lehnte neben ihm an der Wand.

»Gar nicht so einfach zu finden. Aber Sie sehen, ich bin auch so hinter Ihr kleines Geheimnis gekommen.« Sie lächelte ihn an.

Der Portier wollte erklären, aber seine Antwort ging im Rufen und Klatschen der Zuschauer unter, als die Band die Bühne betrat. Die Frau vom Vormittag drückte ihm ihre Bierflasche in die Hand und applaudierte. Die Modern Jazz Group aus Wanne-Eickel wurde an diesem Abend von drei Engländern verstärkt. Der Trompeter, der Alt- und der Tenorsaxophonist waren Soldaten der britischen Rheinarmee aus einer Dortmunder Kaserne. Ans Piano setzte sich Heinz Oelmann, eine Jazzgröße aus dem Revier, der einige Notizzettel genüsslich wie eine Speisekarte ausbreitete.

»Trough the mist of a memory you wander back to me
Breathing my name with a sigh …"

Vor der Musikkommode spürte der Portier noch immer etwas von dem Rausch der Leichtigkeit, als wenn das Leben nur ein langes tiefes Einatmen ist und er hätte sich so gerne an die Duftspur ihrer Haut erinnert, der er vor mehr als 40 Jahren noch vor der letzten Zugabe nach draußen gefolgt war.

Da sie nicht mehr neben ihm stand, dachte er, sie wäre zur Toilette gegangen oder an der Bar, doch dann sah er, wie sie sich zur Ausgangstür durchschob. Er folgte ihr raus, stieg über die Speichen, Rohre und Streben der Fahrräder. Im Mondlicht sahen sie wie ein Haufen Skelette aus und er vergaß ganz darauf zu achten, mit seinen guten Schuhen nicht in einer Wasserlache zu landen. Der Hinterhof war verlassen und still. Nur die Bläsersätze der Jazzkapelle kreischten gedämpft durch die zufallende Türe. Wie konnte sie so schnell verschwinden? Er war es nicht gewohnt zu trinken, doch er hatte versucht, mit ihrem Durst Schritt zu halten. Sie hatte ihm zugeprostet und ihm Beiläufigkeiten ins Ohr geraunt. So nah, dass er ihre Brüste an seinem Oberkörper gespürt hatte. So nah, dass ihm das Blut in den Kopf schoss und rot färbte. Die Lippenstiftspuren, die sie dabei hinterließ, sah man erst wieder, als sich sein Kreislauf normalisiert hatte und er unter der Fabriklampe zur Einfahrt lief. Doch die Straße war leer. Kein Mensch, gar nichts. Die Straße kam ihm jetzt noch trostloser vor. Schlaglochnarbig, gezwängt zwischen schäbige Häuserzeilen, mit Fensterläden, von denen die grüne Farbe auf betongraue Gehwegplatten blätterte. Das also war's dann, dachte er. Was für ein Esel er doch war, zu glauben, dass so eine sich für ihn interessierte. Wer war sie, was wollte sie von ihm und wohin war sie verschwunden? Als er nach seiner Brieftasche griff um zu prüfen, ob sie noch da war, schob sich eine Hand aus dem Schatten des Torbogens unter seinen Arm.
»Begleiten Sie mich!«, sagte die Frau, die aus dem Nichts neben ihm stand und es klang für ihn wie ein Befehl. Kurt zuckte zusammen, wegen ihres plötzlichen Erscheinens und der Kälte, die er aus ihrer Stimme rauszuhören glaubte.
»Wir haben den gleichen Heimweg«, setzte sie lächelnd hinzu.
Gezügelt von ihr, wenn er zu schnell schritt, schlenderten sie am Bahndamm zum Hotel zurück. Er sprach von sich, denn sie hörte ihm zu und er vergaß seine Zweifel. Schon lange hatte er nicht mehr so viel von sich geredet. An diesem Abend, mit amerikanischer Musik und einem

Schwips, war das Glück zu greifen. Wie die geheimnisvolle Schöne, die an seiner Seite ging.

Unter dem Neonschriftzug, der *Hotel Garni* in die kühle Sommernacht krakelte, endete ihr Spaziergang.

»Gute Nacht dann«, sagte er und blieb unentschlossen vor ihr stehen.

»Gute Nacht?« Sie schaute ihn an.

»Gibt es denn keinen Abschiedsschluck mehr?«

Sie verabredeten sich im Frühstücksraum, in den sich um diese Uhrzeit garantiert kein Gast mehr verlief. Als die Frau ins Hotel trat, ging er zur Rückseite des Hauses und nahm den hinteren Kellereingang. Bestimmt schlief der Nachtportier schon. Doch lieber war es Kurt, wenn er nicht auf diese Art gesehen wurde. Vorbei an Waschküche, Vorratskammer und Heizungsraum lief er durch das Treppenhaus nach oben. Hinter der Rezeption fand er den Nachtportier. Versunken im tiefen Schnapsschlaf hing er auf dem Schreibtischstuhl, daneben im Papierkorb eine halbgetrunkene Flasche Weinbrand, nachlässig unter einer zerknüllten Zeitung versteckt. Was, wenn er aufwachte und mitbekam, dass er sich mit einem Gast amüsierte, noch dazu mit einer jungen Frau? Ach, zum Teufel, dachte Kurt. Was war schon dabei, noch ein Glas gemeinsam zu trinken? Er nahm den Weinbrand und ging in die Küche um zwei Gläser zu füllen. Die Frau kam die Treppe herunter, das hörte er an ihren Absätzen. Vermutlich war sie noch kurz in ihrem Zimmer und hatte sich frisch gemacht. Durch einen Spalt in der Küchendurchreiche sah er sie den Frühstücksraum betreten, sah sie geradezu elegant über ein Schachbrett aus Linoleum ziehen. Eine schwarze Dame mit frisch geschminktem roten Mund und einer Langspielplatte unter dem Arm. Aus Nervosität nahm er einen tiefen Schluck aus der Flasche. Kurt schob die Klappe der Durchreiche beiseite und presste sich mit zwei gefüllten Gläsern in der Hand durch den engen Schacht von der Küche in den Frühstücksraum. Sie hockte vor der Kuba-Musiktruhe, öffnete den Schrank, zog die mitgebrachte Platte aus der Hülle und legte sie auf.

»Ich hab hier Musik, die Ihnen gefallen wird. Eine Jazzplatte von Joe Williams, die ich heut unterwegs gekauft hab.«

Sie nahm ihm die Gläser ab und stellte sie auf die Kommode.

»Ne langsame Nummer auf der zweiten Seite. Sie heißt Deep Purple.«

Dann fasste die Frau seine Hand und legte sie um ihre Hüfte. Wonach ihre Haut roch? Nach Blumen, etwas wie warme Milch. Und doch traf

14

kein Vergleich wie das eine Wort, die präzise Bezeichnung, die ihm nicht in den Sinn kam. Mit geschlossenen Augen wartete die Frau auf den Einsatz der Musik. Pianoperlen, ein dunkler Akkord und dann schaukelte sie ihn sanft im Rhythmus des Liedes.

»In the still of the night once again I hold you tight
Though you're gone, your love lives on when moonlight beams …«

Nur der Mond erhellte Elfi Bischofs Zimmer und im Dämmerlicht tropfte das Blut dunkelrot aus ihrem Haar. Dabei hatte Kurt nur einmal mit dem Telefonapparat zugeschlagen. Er konnte nicht zulassen, dass man ihn so sah, dass sie den Nachtportier rief. Von seinem Schlag getroffen, war sie mit dem Hinterkopf gegen das Eisengestell am Ende des Bettes geknallt. Den Hörer hielt sie noch in der Hand, weggestreckt vom nackten Körper mit den angewinkelten Beinen, über die sich die Schnur zum Plastikgehäuse spannte. Er stellte den Apparat zurück auf den Nachttisch. Noch immer war ein Lächeln unter ihren aufgerissenen Augen, nur kam es ihm jetzt voller Hohn vor. Als wenn sie sich im letzten Moment ihres Lebens noch über das Spiel amüsiert hatte, das sie mit ihm trieben.

Sie hatten getanzt, sich geküsst und er ist ihr hinauf ins Zimmer gefolgt. Dann lag sie vor ihm, mit bloßen Schenkeln, die auf ihn warteten und als sich seine Nase auf den Weg bauchabwärts machte, war ihm eingefallen woher er ihren Geruch kannte.

»Florena«, hörte er sich flüstern und er merkte, wie sich der weiche Körper unter ihm anspannte, denn auch sie hatte es gehört. Den Duft hatte er seit den Tagen in Ostberlin nicht mehr gerochen. Florena. Badeseife, zur milden und erfrischenden Pflege der Haut. So stand es damals auf den Verpackungen, die er gelegentlich im Adlon organisiert und getauscht oder an eine Freundin verschenkt hatte. Florena aus den Volkseigenen Betrieben der DDR. Niemand aus dem Westen benutzte Florena. Mit einem Mal glaubte er nicht mehr daran, dass es eine Journalistin war, die jetzt unter ihm wegrückte, sich aufrecht setzte und seine Gedanken zu lesen schien. Schon beim Empfang hatte sie im knappen Pullover ihr Spiel begonnen. Dass sie ihn im Jazzkeller fand, ihr Verschwinden und plötzliches Auftauchen, das alles war kein Zufall. Doch wozu diente der ganze Verführungszinnober und wem diente diese Frau?

Sie war darauf vorbereitet worden, ihm diese Antwort zu geben, doch erst später. Zunächst wollte sie ihn für sich gewinnen und dann für ihren

Auftrag. Jetzt schien es ihr lachhaft, wie einfach sie enttarnt wurde. Dass ein Geruch sie verraten könnte, war gar nicht so absurd. Und doch sprach es für die Hauptverwaltung Aufklärung, nicht daran zu denken. Präzise Apparatschiks. Maschinenmenschen ohne Witterung im Dienst der guten Sache. Und an die gute Sache hatte auch sie geglaubt, glaubte sie noch immer.

Doch von all dem wollte Kurt Kessler nichts hören, als sie ihm zusagte, dass auch er für die sowjetischen Genossen als Bote gearbeitet habe und dass sie seit seiner Zeit im Adlon über ihn eine Akte führten. Er setzte sich auf die Bettkante, mit dem Rücken zu ihr. An ihrer leisen Stimme merkte er, dass sie sich wieder im Griff hatte.

»Schlag die Zeitung auf, Kurt Kessler. Wenn es so weiter geht, bricht unsere Wirtschaft zusammen. Tagtäglich wandern Facharbeiter ab, gelockt von Menschenhändlern. Kopfjäger aus dem Westen. In Ostberlin brechen 53.000 Erwerbstätige morgens auf, um im Westteil ihre Brötchen zu verdienen, die sie dann nach Feierabend im Osten kaufen. Dort leben sie bei uns in billigen Wohnungen, fahren mit billigen Verkehrsmitteln.«

Sie saß jetzt hinter ihm in der Mitte des Bettes.

»Ihr Westgeld tauschen sie 1 zu 4, kaufen die Läden leer. Machen den dicken Maxe. Und im Westen? Hier drücken sie die Arbeitslöhne.«

Er solle sich doch nur ein wenig unter den Republikflüchtigen umhören, die im Garni abstiegen. Den Menschen wolle keiner etwas. Ihnen ginge es darum, die verbrecherischen Methoden der amerikanischen Agentenorganisationen vor aller Welt zu entlarven. Traum vom Sozialismus. Gleichgewicht der Mächte. Atomarer Krieg.

Er hörte nur noch Bruchstücke.

Wussten sie denn nicht, dass er seine harmlosen Botengänge für Geld erledigt hatte? Hatten sie keine Ahnung davon, dass er auf dem Weg nach Amerika war? Das schien ihm ja eine tolle Akte zu sein, die sie da angelegt hatten.

Erst als sie wütend den Hörer vom Telefon riss und ihm drohte, hörte er wieder hin.

»Also schön Kurt Kessler. Dein Kollege vom Nachtdienst wird sich jedenfalls darüber freuen, dass er Deine Stellung bekommt. Dich werden sie doch rausschmeißen. Ein Portier erwischt auf dem Zimmer einer Frau. In dieser Situation?«

Dann nahm sie den Telefonhörer ans Ohr.

Das Freizeichen hörte sie nicht mehr.

Am Montagmorgen stand Kurt mit dem Briefträger am Fenster des Hotels. Die beiden Männer schauten raus auf die Baugrube am Bahnhof. Beton floss aus einer Mischmaschine in das Erdloch, dessen Boden nicht mehr ganz so tief wie noch am Sonnabend war.

»Siehst müde aus.« Der Briefträger drehte sich zum Portier.

»Am Wochenende zuviel Jazzmusik gehört, was?

»Ja«, antwortete Kurt, »zuviel Jazz.«

»And as long as my heart will beat, lover we'll always meet
Here in my deep purple dreams«

Die Plattennadel in der Kuba-Musiktruhe lief ins Leere. Dann nahm der nächste Song Fahrt auf. Der alte Portier folgte dem Basslauf, der im dichten Teppichflor der Erinnerung gedämpft klang. Er schritt in Gedanken durch den Ausgang des Frühstücksraums und den Treppenaufgang hoch, glitt hinauf zur 2. Etage und hörte, wie sich Stimmen aus den Zimmern im Wirbel des Schlagzeugs vermischten. Eine Melange aus Gesichtern anderer Gäste, aus ihren Geschichten und Gerüchen, gebraut im bittersüßen Blues.

Unter den Tagen

von Michael Dilly

Wohin geht es, wenn man auf dem Zenit angekommen ist? Als wenn der Weg immer nur nach oben ginge.

Horst Patschulke kommt beim Zählen seiner Schritte über die Treppenstufen günstigstenfalls zu drei unterschiedlichen Ergebnissen und er fragt sich bei jedem Mal, ob bereits der Schritt auf die erste Stufe dazu zu rechnen ist. Vor demselben Problem steht er am Ende des Aufgangs, wenn er den Fuß von der letzten Stufe auf den Flur der obersten Etage setzt. Aber damit nicht genug: wenn bereits der allererste Schritt zählt, zählt dann automatisch auch der allerletzte, oder gibt es zwischen beiden eine Ungleichheit? Falls ja: macht es dann einen Unterschied, ob man die Treppe hinauf oder abwärts läuft?

Manchmal treibt er sein Experiment auf die Spitze und läuft rückwärts. Dabei ist ihm schnell klar geworden, dass es weniger Gefahren in sich birgt, wenn man rückwärts aufwärts geht. Der Sturz nach einem möglichen Stolpern führt dann jedenfalls nicht in die Tiefe, aber der Weg nach oben dauert länger. Geht man jedoch mit dem Rücken zum Abgrund abwärts und käme ins Straucheln, so drohte einem doch wenigstens ein gebrochener Arm, wenn nicht gar eine Fraktur des Genicks. Daraus hat er schon beizeiten geschlossen, dass man dem Abgrund am besten ins Auge sieht und dass man schneller voran kommt, wenn man das oberste Ziel im Visier hat (vorausgesetzt, man hätte es eilig). Er war sich aber stets bewusst, dass erneute Experimente möglicherweise auch völlig neue Erkenntnisse ans Tageslicht befördern könnten, die unter gewissen Umständen alles vielleicht ins Gegenteil verkehrten.

An manchen Tagen verharrt er auf der Mitte des Treppenaufgangs, exakt auf Stufe Nummer 52 (oder 53, je nach dem). Dann grübelt er darüber, wie sich der Zählvorgang im weiteren Verlauf gestalten würde, drehte er jetzt in diesem Moment auf dem Absatz um, um darauf in die entgegengesetzte Richtung zu laufen. Dieser Moment des Sinnens kann durchaus einige Minuten dauern und Horst Patschulke beschleicht der Verdacht, dass es generell keine exakten Ergebnisse gibt, sondern nur Annäherungen oder eine Ahnung oder etwas Ungefähres. Wenn dem tatsächlich so wäre, dann bräuchte er sich nicht grämen, dass er bisher keine überzeugende Lösung gefunden hat. Das verschafft zumindest zeitweilig Erleichterung, denn die Thematik wird doch allmählich zu komplex. Wie gestaltet sich alles, wenn man auf allen Vieren geht? Bergauf oder bergab, mit dem Rücken in die jeweilige Richtung oder das Ende im Blick, den Himmel oder die Hölle? Was kann man wissen? Kann man jemals mehr wissen, als man wissen kann? Oder sollte man sich einfach damit begnügen, dumm zu sein?

Hin und wieder wünscht er sich dümmer zu sein, als er ist. Entweder alles wissen oder nichts. Dazwischen scheint nur eine Leere zu sein. Oder etwa nicht? Befindet er sich nicht immer eigentlich genau dazwischen? In einer Art Grauzone? Ein aufgeschlagenes Ei könnte allenfalls unter günstigen Umständen den Treppenaufgang abwärts fließen. Eine Sache der Gravitation – was das Zählen der Schritte aber keinesfalls erleichtern würde. Denn es kann sein, dass das Eigelb bereits die nächste Stufe erreicht hat, während sich das nachfolgende Eiweiß noch am äußersten Rand der vorigen Stufe befindet. So ließe sich allenfalls die Richtung bestimmen, nicht aber die Anzahl an Schritten. Das Ei täte so gesehen nur einen einzigen langen Schritt (oder höchstens zwei) und jedenfalls abwärts.

Horst Patschulke findet das Leben als Privatier keinesfalls leicht und unbeschwerlich. Wollte er es sich leicht machen, so würde er sich damit begnügen, dass es ein Leben davor und eines danach gibt. Aber wenn es ein Leben danach gäbe, was wäre dann das nach einem zum Beispiel unverhofften Ableben – vorausgesetzt, man glaubte an ein Leben nach dem Tod? Das Leben nach dem Leben danach? Horst Patschulke glaubt an ein Leben nach dem Tod. Weniger aus religiöser Überzeugung, sondern vielmehr aus Verzweiflung. Er hegt die stille Hoffnung, dann wäre alles gut. Das Grübeln hätte ein Ende. Alle Unbill löste sich urplötzlich auf. Alles wäre plötzlich federleicht. Keine mühsamen Schritte nach oben, sondern ein schwebeartiger Zustand, der kein oben oder unten kennt. So sollte der Himmel sein. Das Fegefeuer hätte man längst hinter sich. Keine Pauken und Trompeten, bitte. Allenfalls ein Schnipsen mit den Fingern.

Als Horst Patschulke zur Erde gelassen wird, spielte eine Bergmannskapelle einen letzten Gruß. Stufe Nummer 52 (oder 53 – je nach dem). Just als er im Begriff ist, sich auf dem Absatz umzudrehen, fällt er wie umgemäht um. Manche sagen »Hirnschlag«, manche vermuten »falsches Schuhwerk« und »hätte er wissen sollen«, manche sagen nur »plötzlich«. An einen vergnüglichen Freitod denkt niemand. Vor allem nicht beim Anblick seiner aufgeschlagenen Schädeldecke. Ein schöner Anblick ist etwas anderes, wenn man an die Schönheit der äußeren Hülle glaubt. Dann waren auch qualmende Schlote auf den ersten Blick sicher nicht ansehnlich, damals – und danach wurde augenscheinlich alles besser.

Jedenfalls ist Horst Patschulke nun quasi unten angekommen – oder oben. Je nach dem. Und die Kapelle versieht sein Ableben mit einem finalen Tusch.

Danach: möglicherweise Ruhe.

Vorübergehend abgestiegen

von Karl Kleemann

Drei Akustikgitarren, stand-up bass und Schlagzeug setzen zu einem kurzen Intro an. ›*Ain't it just like the night to play tricks when you're tryin' to be so quiet? We sit here stranded, though we're all doin' our best, our best to deny it.*‹ Die Stimme des Sängers changiert zwischen verhalten zarter Akzentuierung, beinahe jenseitiger Brüchigkeit und aus den Untiefen der Seele heraufsteigenden Schmerzes. Manche Zeilen beginnen in gequetscht klingender Tonhöhe, kippen innerhalb einer lang zerdehnten Silbe hinüber in tiefe, weltmüde Resignation seufzende Sprechrezitation: ›*Johanna's not heeeeere.*‹ Nur Louise, die andere, immer zur Stelle, ein wenig tauglicher Ersatz – ›*she's alright, she's just near*‹ –, sicherlich, aber gerade ihre Präsenz läßt Johanna umso schmerzlicher vermissen. Verloren ist sie, für immer. ›*And these visions, visions of Johanna, are now all that remaaaiiiiin.*‹

Ich öffnete die Augen zu schmalen Schlitzen, drehte den Kopf zur Seite, benommen blinzelnd meine Umgebung wahrnehmend. Ein kleiner Stapel CDs auf dem Nachttisch neben meinem Bett, der Discman, ein zerknüllter Zwanzigmarkschein. Gleichgültig nahm ich den Kopfhörer ab, ließ ihn auf meine Brust fallen. Sog die abgestandene Luft ein, sich vermengende Aromen kalten Rauches, billiger Möbelpolitur, von den Schimmelflecken der speckig glänzenden, seit geschätzten dreißig Jahren hier klebenden Tapeten ausgehenden Muffs. Schlaff hingen die ins fleckigbraune spielenden Gardinen vor den Fenstern, reglos lauerten längst verwaiste Spinnweben in den Zimmerecken, den verhärmten, kunststoffbezogenen Preßspantisch teilte sich die noch unausgepackte Reisetasche mit drei gestapelten Sechserpacks Bier. Dochdoch, ein durchaus stimmiges Bild ergab das ganze: In Zimmer siebzehn spiegelte sich die Tristesse meiner momentanen inneren Befindlichkeit nachgerade vorbildlich wider. Ich meine, gut, aus heutiger Sicht erscheint das vielleicht eher albern, aber seinerzeit suhlte ich mich aus vollem Herzen in diesem, nun eben, Sud aus Trennungsschmerz, unselig vermengt mit innig gehegtem Selbstmitleid und abgrundtiefem Weltekel, und was hätte dazu schon besser passen können als dieses derangierte Essener

Hotel, eine Empfehlung meines, derartige Situationen mit der letztlich gebotenen, abgeklärt ironischen Distanz betrachtenden Weggefährten Pitter.

»Hier«, schob er mir die Adresse des Etablissements süffisant grinsend zu. »Garni. In Essen. Sowas wie ein Teilzeitrefugium für die vom Leben Angepißten. Ganz leicht zu finden.« Nach einem abschätzenden Blick ergänzte er: »Paar Tage sollten genügen. Glaub mir, Karl.«

Noch am gleichen Abend stand ich vor der Eingangstür des Garni. Das Gebäude war sichtlich marode, ein steingewordenes Elend; schon vom Hinschauen schienen sich vereinzelt Putzbrocken von der Fassade zu lösen, wie einer stummen Einsicht gehorchend, den fortschreitenden Verfall nicht länger hinauszögern zu wollen. Ich sah hinauf zu trostlos starrenden Fensterhöhlen, nur hier und da erhellt von trübgelbem Schein. Selbst die Straße schien wie ausgestorben, von Ferne war bisweilen ein Motorbrummen zu hören, das sich rasch entfernte. Neben dem Hotel ein gammeliger Laden. »Uschi's Haar Salon« stand mit Selbstklebelettern auf dem halbblinden Schaufenster, das »Uschi's« war durch ein von Hand in den schmierigen Scheibenbelag gekritzeltes »M« ergänzt. Fahrig stellte ich die Reisetasche ab und zündete mir eine Zigarette an. Rauchte sie in mählichen Zügen, einfach sinnlos vor der Tür herumstehend, warf schließlich die Kippe fort und betrat das Hotel. Säuerliche Schwaden waberten mir entgegen, der alte Portier hinter der Rezeption verzog keine Miene, als ich mich vor ihm aufbaute und – mehr der Form halber – fragte, ob noch ein Zimmer frei wäre. Teilnahmslos griff er zum Gästebuch. »Natürlich«, sagte er mit schleppender Stimme. »Soviel Sie wollen. Was wollen Sie denn? Einzel oder Doppel?«

»Doppel.«

Leicht die Mundwinkel verziehend, klappte er das Gästebuch zu, griff einen Schlüssel vom Bord und schob ihn mir über die Theke hinweg entgegen. »Zweiter Stock, Zimmer siebzehn. Ruhig, nach hinten raus.«

Ich betrachtete seine welken Hände, sein Gesicht, in das sich die Spuren mehrerer Leben eingegraben hatten.

»Danke.«

Seine Züge blieben ausdruckslos, als er nickte. »Brauchen Sie sonst noch was?«

»Haben Sie ... Kann ich noch was zu trinken bekommen?«

24

Er schlingerte ins Hinterzimmer, rumorte dort ein Weilchen herum und kam mit drei Sechserpacks Bier zurück, die er leise ächzend auf die Theke stellte.

»Da. DAB.«

»Setzen Sie's auf die Rechnung?«

»Sicher. Morgen dann.«

»Ich bleibe ungefähr vier Tage. Vielleicht fünf.«

Wieder nickte er, im Abwenden ein »Jaja« murmelnd, dann tappte er zurück in den rückwärtigen Raum.

Zerbrechlich weht Larry Campbells pedal steel über ›One Too Many Mornings.‹
›Down the street the dogs are barking
And the day is getting dark.‹
Amorphe Silhouetten wirft das hereintropfende Schummerlicht der Hofbeleuchtung an die Wand.
›As the night comes in a-fallin',
The dogs will lose their bark.‹
Das verlorene Bellen ersetzte, nicht ganz adäquat, eine unvermittelt losrauschende Klospülung. Riß mich abrupt aus mattem Dämmer. Der Portier hatte nicht erwähnt, daß Zimmer siebzehn an den Sanitärbereich grenzte. Ein röchelndes Husten, dann platschte etwas ins Waschbecken, kurz wurde der Wasserhahn aufgedreht. »Sonne Scheiße«, knarzte eine Altmännerstimme. Resolut knallte eine Tür zu, schlurften Schritte über den Gang davon, hielten inne, kehrten wie Orientierung suchend um. Ein kurzes Quietschen, dann lugte ein kleiner, irgendwie knubbelig wirkender Senior ins Zimmer. »Wat is denn …? Hömma, bin ich dann …?« Unstet flirrte sein Blick durch den Raum. Sich am spärlich behaarten Haupt kratzend, trat er zwei Schritte näher. »Sonne Scheiße.« In seinem verblichen graublauen, mit ausgeleierten Hosenträgern am Leib gehaltenen Beinkleid, dem Feinrippunterhemd, den bloßen, in dunkelbraunen Cordpantoffeln steckenden Füßen strahlte er eine nachgerade frappierende Würde aus, mit einem Hauch Wurstigkeit vermengt indes. Es kann aber auch umgekehrt gewesen sein, so genau weiß ich das nicht mehr. Minutenlang glotzten wir uns verständnislos an, dann eröffnete der Senior das Gespräch mit einem neuerlichen Hustenanfall; das, was er dabei aus der Lunge heraufwürgte, schluckte er nach

kurzem Besinnen höflich hinunter. Einer von uns beiden müsse sich wohl in der Nummer da vertan haben, setzte er, in nicht unfreundlichem Ton, an. Ob ich sicher wäre, im richtigen Bett zu liegen. Das Mobiliar allerdings, wackelte er, unschlüssig am Preßspantischchen rüttelnd, mit dem Kopf, komme ihm »justement« in der Form so nicht bekannt vor. Was das denn nun für ein Zimmer sei, er kenne sich jetzt gar nicht mehr aus.

»Siebzehn«, half ich ihm weiter.

»Siehstemah«, kam es prompt zurück.

Erneut wechselten wir einen längeren stummen Blick, bis der Alte, wie von jäher Begeisterung erfaßt, griente: »Hehe, dann hab ich mich verlaufen. Kommt öfter vor in letzter Zeit. Heinz Kühn«, stellte er sich übergangslos vor.

»Karl Schmuttermayer.«

»Du biss aber nich von hier, woll?« frohlockte Herr Kühn, ein rätselhaftes: »Bekloppt«, hinzusetzend.

»Was?«

»Bekloppt. Hier kommt sonst keiner mehr her. Iss doch alles längst den Bach runter.«

Er ruckelte am Hosenträger herum. »Hömma, kannst du dich morgen zu uns setzen. Im Frühstücksraum. Wir sitzen da immer, der Willi, Hermann und ich. Kommst du auch mal unter Menschen.«

»Ich … ich frühstücke nicht«, versuchte ich ihn unbeholfen abzuwimmeln, stieg doch gleich die Ahnung einer fortgeschritten ranzigen, nimmermüd durstigen Altherrenrunde auf, in deren Gesellschaft ich ohnehin zügig versacken würde. Und dafür war ich wirklich nicht ins Ruhrgebiet gefahren.

Das Ruhrgebiet. Terra incognita, ein rußiger Fleck auf meiner geistigen Landkarte. Dieser Region mittlerweile mehr, wenn auch zugegeben immer noch recht sporadisch, Aufmerksamkeit entgegenbringend, kannte ich sie bis zu dem verordneten Abstecher nach Essen weitgehend nur aus halberinnerter, über den elterlichen Schwarzweißfernseher flimmernden *Hier und Heute*-Berichterstattung um die Jahre 1970 folgende herum, wobei mir hauptsächlich zwei Darreichungsformen im Gedächtnis geblieben sind: Sprecher wie Manfred Idem lasen mit monotoner Stimme amtsblattartig formulierte Nachrichten vom fest umkrampften Blatt, animiertem Fibelstoff gleichende Einspielfilme boten von weitgehend gesichtslosen Wohn- und Industriebauten geprägte Städtepanoramen, in denen es immerfort brodelte, kokelte, dampfte, zischte und heulte wie aus unzähligen Geysiren – heiter briet die Kommentatorenstimme darüber, den Zuschauer launig über die neuesten Ereignisse in Dortmundbochumessenwanneeickeloderherne belehrend. ›*Twas in another lifetime, one of toil and blood.*‹ Über Jahrzehnte emsig mit Kohle und Stahl zugange, ist das Ruhrgebiet darüber inzwischen verrostet, die Schlacken sind verglüht, zu Asche zerfallen und verweht. Sogleich aber, wenigstens scheint mir das so, hat Enthistorisierung Raum gegriffen, auf den Brachflächen wachsen Event- und Einkaufszentren, bloß die punktuell in den Museumsbetrieb hinübergeretteten Fabrik- und Zechenanlagen wahren – auf bröckelndem Grund stehend – Reste regionaler Identität, übriggebliebenen Nachhuten gleich, das sich abzeichnende Werden eines gewaltigen Talmi-Erlebnisparks voller *Centros, Arenen, Malls, Wellness-Farmen* oder was auch immer unseren *City-Managern* durch die Hohlköpfe pfeift, gerade noch haarscharf ausbremsend. Zugegeben, mit den materialen Zeugen der eigenen Vergangenheit umzugehen, ist nicht ganz einfach, wenigstens solange sich noch irgendjemand dafür interessiert; zwischen Konservieren, Umnutzen und dem Verfall anheim geben – nur skizzenhaft erinnert sei an die Nachkriegs-Denkmalpflegerdebatte, in deren Rahmen auch diese Position, gefaßt in den Begriff der »Ruinenschönheit«, vertreten wurde – zu entscheiden, hängt sicherlich vom jeweiligen Objekt ab. Der mancherorts erkennbare Wille indes, Geschichte mutwillig wegzuschmeißen, aber wird wohl spätestens dann Realität, wenn jene, die »Erinnern« noch nicht aus ihrem Wortschatz gestrichen haben, weggestorben sind – anstelle ihrer, wie auch des letztlich illusionär erhofften Multikultigewimmels, sprießen ja längst uniforme Dööfkes sonder Zahl heran, die von ihrer Herkunft, wo immer sie auch angesiedelt sein mag, ohnehin keine Ahnung mehr haben und munter Gaga-Pidgin parlierend sowieso besinnungslos jeden Scheiß mitmachen, Hauptsache, er verspricht kurzweilige Unterhaltung. »Letztends« (Matthias Sammer) wird es vermutlich bloß auf ein ›*not much happening here, nothing ever does*‹ als in Gips gemeißelter Fluch künftiger Generationen hinauslaufen. Ausschließlich die juvenilen Dummbatze zu schelten, ist andererseits auch wieder ungerecht, denn natürlich sind die Alten mehrheitlich nicht besser, keinen Deut; auch sie schlagen sich möglichst hirnschonend durch den Tag oder marodieren in ihrem unmittelbaren Lebensumfeld herum, rigoros »Lebensqualität« einfordernd, auch wenn die sich – mir ist sowas hinlänglich von einem angejahrten

Ehepaar aus dem Süden Düsseldorfs bekannt – am Ende nurmehr darin erschöpft, weite Teile eines sämtlichen Hausparteien offenstehenden Gemeinschaftsgartens zu okkupieren, sorgfältig zu roden und von frühem Mai bis Spätseptember darin, stundenlang stumpf Nahrungsmittel in sich hineinschaufelnd, Dauercamping zu veranstalten.

Selbstverständlich tummelt sich daneben noch eine Unzahl weiterer Knallköpfe; beispielsweise solche, die – so mählich dem vierzigsten Lebensjahr entgegendümpelnd – nach dem strenggenommen sich schon länger abzeichnenden Ende einer Beziehung in Gesellschaft eines geschätzten Dutzends Dylan-Bootlegs nach Essen fahren und sich dort mehrere Tage in einem desolaten Hotel verkriechen.

Nachdem Herr Kühn sich verkrümelt hatte, stand ich auf und holte mir ein Sechserpack Bier ans Bett. Innerhalb der nächsten halben Stunde verputzte ich die zierlichen Drittelliterfläschchen, dazu stramm Zigarettchen rauchend. Halbherzig wählte ich eine neue CD aus, legte sie in den Discman ein und lagerte mich wieder in bequeme Hörposition.

Der Vortrag beeinflußt den Aussagegehalt eines Liedes zu nicht unbeträchtlichem Teil, und flugs seien drei Euro für dieses recht banale Gewäsch ins Phrasenschwein gedrückt. Was zirka ein Dreivierteljahr zuvor im Tenor eines abschließende Rückschau haltenden Selbstgesprächs gehalten war, klingt in der Neuaufnahme entschieden aggressiv, kippt bisweilen in mit Hohn gemischte Verbitterung:

›I don't compromise, I don't pretend
I don't even care what happened to her.‹

Rauh hervorgestoßene Worte, unterstrichen von ruppig zu Werke gehender Begleitband.

»I don't even remember what her lips felt like on mine
Most of the time.«

Oder, die eigene Verwirrung vervollkommnend:

›Most of the time I'm even not sure
If she was ever with me, if I was ever with her.‹

Die hohe Kunst des Drumherumredens offenbart sich hier; entscheidend ist nicht das, was *›most of the time‹* geschieht oder gedacht wird, die abgründige Wahrheit schimmert vielmehr durch die seltenen Momente abseits, wenn Erinnerung – teils sehnsuchtsvoll, von Selbstzweifeln zerknittert, dann hingegen wieder vorwurfsvoll – aufblitzt; wenn »sie" eben alles andere als

›*that far behind*‹ ist, wenn nicht mehr ›*both feet on the ground*‹ stehen, die Zeit für ein ›*run and hide*‹ kommt, oder die Kraft fehlt ›*not to hate*‹. Oder anders gesagt: ›*I still got the scars, that the sun didn't heal*‹. Und habe mir zugleich ein Lügengebäude gezimmert, mich darin kommod einzurichten. An den Tatsachen indes ändert das nichts: ›*Johanna's not here*‹, beziehungsweise ›*and besides, she had already gone*‹. Meine Johanna hieß im übrigen Elena, stammt aus dem süddeutschen Raum und hatte vor einer Woche die gemeinsame Wohnung verlassen, nicht ohne charmant süffisante Note: Schon in der Tür stehend, hatte sie mir ein Kärtchen überreicht, auf das sie in ihrer akkurat gesetzten Handschrift geschrieben hatte: ›*Have mercy on his soul*‹. Beinahe konnte ich wieder ihre leichtfüßig trippelnden Schritte hören, mit denen sie die Treppe hinabstieg und aus meinem Leben verschwand.

Wie plötzlich zur Besinnung kommend, fuhr ich hoch und knipste die Nachttischlampe an. Stellte den Discman ab, stemmte mich aus dem Bett. In was für einen ausufernden Schwachsinn steigerte ich mich da eigentlich hinein? Heinz Kühn hatte recht, ich mußte wohl dringend wieder »unter Menschen kommen«, und seien es auch nur ahnungsweise halbverrottete Greise, die ihre noch verbleibende Zeit schicksalsergeben im Frühstücksraum dieses Hotels absaßen. Schon wieder etwas zuversichtlicher gestimmt, putzte ich das zweite Sechserpaket DAB weg, mit jedem frisch geöffneten Bier inniglicher Elenas gedenkend. Die leergetrunkenen Flaschen kegelte ich summarisch unters Bett, ließ mich auf die Matratze fallen und löschte das Licht.

»Hömma, Willy, du häss se doch nit mehr all«, schepperte eine Stimme mir entgegen, als ich am folgenden Tag gegen ein Uhr den Frühstücksraum betrat. »Scheißt Du den Hermann an, Du dreggelich Ahl!« Ein ausgedörrtes Männlein in überwiegend jagdgrüner Kluft saß vereint mit dem mir bereits bekannten Heinz Kühn und einem Herrn, der folglich Willy sein mußte, am Fenstertisch des Speiseraums und raffte, vor Wut zitternd, ein mickriges Häuflein Karten zusammen.

»Fällst mir so in den Rücken, Du ... Du ... Aschloch!« polterte die merkwürdige Erscheinung weiter.

Herr Kühn winkte mich mit einladender Geste heran. »Seid doch mal ruhig, Männer. Dat iss der Karl, aus der ... wartemah ... aus dem Zimmer neben dem Klo, auf der zweiten«, stellte er mich seinen Kumpanen vor. »Dat iss der Hermann«, deutete er auf den grimmig blickenden Gnomen zu seiner Rechten, »dat der Willy«, streckte er seinen Zeigefinger in Richtung eines zerklüfteten Seniors, der früher, das konnte man noch erahnen, eine imposante Erscheinung gewesen war, jetzt aber, hager und mit eingefallenem Gesicht, unentwegt an seiner Zigarre saugend, als wolle er trotzig beweisen, daß es im Ruhrgebiet noch immer ordentlich qualme, unruhig auf seinem Stuhl herumrutschte. »Willy Weyer«, nickte er mir abwesend zu. »Hermann Eichhorst«, quetschte böse der Hutzelgreis im Waidmannskleid hervor, anklagend die Karten mir entgegenfuchtelnd. »Hock Dich her.« Zu Herrn Weyer gewandt, stieß er finster ein erneutes: »Du Aschloch! Läßt mich Schneider schwarz verrecken!« hervor, beäugte dann mich mit listigem Blick: »Hömma, kannst Du Skat?«

Bevor ich mir eine möglichst unverfängliche Antwort überlegen konnte, wirkte Herr Kühn, die Spielkarten beiläufig fortwischend, besänftigend auf den krakeelenden Eichhorst ein: »Nun laß den Kahl doch mal erst setzen, Hermann. Kannst Du Deine Fisimatenten einmal zurückhalten? Du biss ja bekloppt!«

Derart gemaßregelt, schimpfte Eichhorst nurmehr leise in sich hinein, Herr Kühn aber stellte mich, offenbar gedanklich aus dem Ruder gebracht, nochmals der Runde vor. »Dat iss der Kahl. Wohnt oben, neben dem Klo. Woll?«

Sofort nahm Eichhorst die Fährte auf: »Hömma, Du Kahl. Wat biss Du denn für einer? Wat mäkst Du so?«

»Wie?« antwortete ich etwas hilflos.

»Wie, wie?« ließ Eichhorst nicht locker. Salopp entzündete er ein Zigarettchen. »Irgendwat mußt Du doch tun. Erzählemah. Oder tust du nix?«

»Ach so. Ich texte.«

»Häh?!«

»Ich texte. Werbung und sowas.« Suchend blickte ich nach einer Servierkraft umher. »Gibt's hier keine Karte?«

»Du willst doch nich wat essen?« kicherte Herr Kühn. »Iss doch Garni. Garni Mittag. Nur Früh...« Der Rest ging in einem heftigen Hustenanfall unter.

Herr Weyer zeigte sich ebenfalls amüsiert. »Dat iss kein Italiääner hier«, belehrte er mich. »Denkst Du wohl, Luigi Garni, wat?«

Eichhorst aber brüllte haltlos: »Dieter! Durst!!«

Erneut wandte er sich mir zu, eine Antwort auf seine vorhin gestellte Frage aus mir zu pressen: »Also, wat mäkst Du nu?«

Umgehend parierte ich die Frage mit einem: »Was macht denn Ihr?«

»Rentner«, grinsten die drei im Verbund. »Sieht man dat nich?«

»Und vorher?«

»Der Heinz und ich«, stieß Weyer bedächtig Zigarrenrauch aus, »waren in der Verwaltung. Hermann iss ein alter Kriminaler.«

»Kriminalhauptmeister«, blökte Eichhorst wichtig. »In Düsseldorf. Inspektion Süd. Marbacher Strooß.«

»Hat ein bißchen nacharbeiten müssen«, lächelte Herr Kühn diabolisch. »Erzähl doch mal, Hermann.«

»Dat war nur der Oberschaarwächter, die Sau!« schimpfte Eichhorst los. »Mein Vorgesetzter. Kriminalhauptkommissar Schaarwächter. Kaum dreißig und schon sonn öliger Heinz. Nää, nit Du«, beruhigte er Herrn Kühn, der bei der Erwähnung seines Vornamens hochschreckte.

»Hömma«, fuhr Eichhorst fort, »hätt der Oberschaarwächter doch glatt meine, na sagemah, ,Nettoarbeitszeit' nachgehalten, und als ich in Pension gehen will, heeßt dat auf einmal: ,Nichts da. Erst den ganzen Sommer lang im Schloßpark rumsitzen – über Jahre, Herr! – und dann auch noch Ruhestand einstreichen. Wo sie sich vier Jahrzehnte lang', mindestens, hörst Du, ausgeruht haben im Dienst. Ohne mich!' Dann hätt dat Aschloch doch glatt durchgesetzt, dat ich zwei Jahre länger machen muß. Sunne Driet!« In einem Zug leerte er sein Bier, das Kellner Dieter inzwischen herbeigetragen hatte, streckte sogleich gierig die Hand nach meinem Glas aus, hielt zögernd inne.

»Aber die größte Sauerei«, echauffierte er sich, einen Würgegriff andeutend, »dat war, dat glöövst Du nit, Kahl, mein eigenes Bürro hätt mich der Oberschaarwächter anmieten lassen. Dä Knallkopp! Dat dreggelich Ahl! Hömma, Du häss doch Printen im Büdel!« ranzte er mich dann zusammenhanglos an.

»Texten! Wat soll dat sinn? Gibt dat auch noch Geld für sowat? Für wämm arbeitest Du dann?«

»Für eine kleine Agentur im Bergischen. Was die Bezahlung angeht ... Ich komm schon zurecht einigermaßen. Immerhin kann ich meist zuhause arbeiten!«

»Klar, schön Sessel sitzen und Eier schaukeln!« rumorte gnadenlos Eichhorst weiter. »Höremol, ich sag Dir jetzt wat, Kahl. Wenn es um Ermittelungen ging, bin ich durch Sturm und Wind. Nix Sessel sitzen. Egal, ob Eis und Schnee, Eichhorst immer ohee. Oder olé! Gut, manchmal auch im Park, wie willst Du sonst dämm Sommer ertragen, frag ich Dich? Im verfurzten Bürrö? Wouäh! Aber sitz ich kaum im Park, scheißt mich schon die Fußstreife beim Oberschaarwächter an, kann ich mir anders nit denken. Aber hömma, so bisken schreiben da im Sitzen, dat iss doch ...« Er zeigte mir einen Vogel. »Fuhl Fleesch biss Du. Sonst nix!« Blitzschnell schnappte er sich mein Bier und stürzte es sich in den weit aufgesperrten Schlund. »Hermann!« dröhnte mahnend Herr Kühn. »Nu laß den Kahl doch mal in Ruhe. Der kann doch nix dafür.«

»Haldemah!« schrie der Angesprochene wie von Sinnen. »Im Bergischen!! Alles Arschgeier da. Muffelig bis obenhin!«

Er führte seine Handkante unter die Nase und rieb sie einige Male hin und her – eine doppelbödige Geste, unterstrich sie doch nicht allein seine zweifellos durchaus zutreffende Charakterisierung, sondern wischte der Alte in einem Zuge auch etwas Rotz ab, der ihm aus der Nase troff. Sorgfältig reinigte er die Hand an seinem Hosenbein.

»Wat schreibst Du denn so?« nahm er den längst verloren geglaubten Faden wieder auf.

»Was so anliegt. Imagebroschüren, Folder, PR-Heftchen und sowas. Regelmäßig für ein monatlich erscheinendes Videothekenblättchen. Filme und Konsolenspiele.«

Begeistert heulte Eichhorst auf, formte mit Daumen und Zeigefinger der linken Hand einen Ring und schlug mehrmals mit der flachen Rechten dagegen: »Fickfilme? Ehrlich?! Hähähä!«

»Alles bis auf Pornos. Am besten sind die reinen Videopremieren. Blut und Hirn spritzen über die Leinwand.«

»Prima«, lobte seitwärts Herr Weyer. »Auch große Firmen? Henkel? Thyssen? Krupp?«

»Naja, also nein. Nichts großes. Meist regionale Krauter.«

»Aaah, Kreisliga«, triumphierte Eichhorst.

»Wenn Du ... Sie so wollen. Ja, eher Kreisliga.«

»Vergiß mal schnell dat ‚Sie‘«, klopfte Herr Kühn mir auf den Arm. »So förmlich braucht dat hier keiner. Wir sind hier keine Hautevolaute.«

Unterdessen hatte Herr Weyer den Kellner herbeigewunken, tuschelte kurz mit ihm, und nach einigen Minuten rollte ein Servierwagen an, beladen mit den bekannten Sechserpacks.

»Dann braucht der Dieter nicht so oft zu laufen«, strahlte Weyer. »So klapprig, wie der iss. Woll?«

Geradezu perfide bewahrheitete sich meine Ahnung vom Vorabend, indem ich tatsächlich die Zeit bis weit nach Mitternacht in Gesellschaft des ominösen Rentnertrios verbrachte. Mehrere zaghafte Rückzugsversuche unterbanden die schlauen Teufel souverän, sei es, indem die Herren Weyer und Kühn mich aus bereits halbaufgerichteter Position einfach resolut auf den Stuhl niederzerrten, sei es, daß sie meinen Verbleib schlichtweg zu einer Charakterangelegenheit erklärten – »Wie, willst Du schon fott?!« krakeelte Eichhorst mit hochrotem Kopf. »Wouäh! Du biss wohl fies für unsere Gesellschaft? Ich leg et Dir nur einmal an't Herz, Kahl: Ehre dat Alter. Wenn Du jetzt abhaust, dann biss Du ein ... ein ahl Jedrissen biss Du dann, Du Aschloch! Dat Du klar siehst und nicht frierst: Bleib hocken hier!« –, und als alles nichts mehr half, schleppte sich der alte Kühn auf sein Zimmer, um eine »ganz besondere Spezialität« herbeizuschaffen, ohne deren Genuß ich das Ruhrgebiet »niemals, glaub mir« – und wieder ergänzte plärrend, dabei vorfreudig applaudierend, Eichhorst: »Im Lääve nit, Kahl!« – verstehen könne: den sogenannten Dortmunder Tropfen, der, wie Kühn von mehrmaligen Hustenanfällen unterbrochen erläuterte, verraten tue es ja auch schon der Name, zwar strenggenommen ein Importgetränk sei, »dafür aber oho«, beziehungsweise, elegant eine Wendung Eichhorsts aufgreifend: »Olé!« Eine Behauptung, die sich umgehend bestätigte; wenige Gläschen des fruchtigsüßen, feurigen Schnapses genügten, daß ich mich entspannt zurücklehnte und, eine rasant aufsteigende schwammige Wärme spürend, mir genüßlich die klebrigen Lippen schleckte, während die Seniorenbande sich nachgerade aufgekratzt um den beunruhigend rasch schwindenden Inhalt der Halbliterflasche balgte. Hemmungslos exponierte sich hier erneut Eichhorst, der, abwechselnd: »Wouäh!«, »Haldemah!« und »Hilfe, ich verdorre!« blökend, seinen Kumpanen mehrfach vehement die schon fast zum Mund geführten Gläser entriß, schließlich sogar die ganze Flasche an sich brachte und, während er die auf ihn eindringenden Radaubrüder Kühn und Weyer mit ausgestrecktem Arm von sich fernhielt, in einem Zug leerte. Irgendwie erinnerte dieses zappelnde Durcheinander an eine aus dem Ruder laufende Laiendarstellung der Laokoon-Gruppe.

Nachdem Eichhorst sich den Dortmunder Tropfen rigoros eingeflößt hatte, kramte er feixend mehrere kleine Fläschchen Killepitsch aus der Jackentasche und bot sie, quasi zur Versöhnung, seinen beiden erschöpften

Kameraden mit einem herzlichen »Dä! Trinken« an. Er selbst verzehrte zur Gesellschaft ebenfalls einen dieser scharf gewürzten Düsseldorfer Kräuterschnäpse, dann kehrte endlich wieder Ruhe ein. Die Senioren hatten ihren Durst gestillt, wenigstens vorübergehend. Leise hustete Herr Kühn vor sich hin, zufrieden malmte Eichhorst mit den Kiefern, Willy Weyer vertiefte sich wieder ins Rauchen, legte dann, begleitet von einem knappen Nicken, für einen Augenblick feierlich die Zigarre ab und verkündete, mir auf die Schulter patschend, mit weihevollem Timbre: »Jetzt biss Du einer von uns, Junge.« Was mich nicht etwa mit Grauen erfüllte, vielmehr rieselte ehrlicher Stolz durch meinen alkoholwattierten Schädel.

Als ich endlich mit wackeligen Beinen auf mein Zimmer zurückschlurfte, erschien mir dessen schäbiges Interieur überhaupt nicht mehr deprimierend. Im Gegenteil, mit besinnungsfernem Wohlwollen nahm ich den heruntergekommenen Zustand wahr, fuhrwerkte das minutenlang sich sträubende Fenster auf und lehnte mich hinaus, die erfrischend kalte Nachtluft zu genießen. Weil sich der noch immer matt beleuchtete Hof unter mir sogleich in sanfte Drehbewegung versetzte, setzte ich mich lieber umgehend aufs Bett. Ein Zigarettchen rauchend, durchstöberte ich die mitgebrachten CDs, ob sich nicht etwas passendes zu meiner – den Rentnern sei Dank – verblüffend kummerresistenten, ja schon beinahe aufgeräumten Stimmungslage finden ließe. Das – leider nicht mitgenommene – Stuttgarter Konzert von 1991 hätte ich jetzt gerne gehört, »Aaah, das Guten«, mit seinem herrlich verhunzten ›Knooooooockin' on heaven's door, door, door‹, eingeleitet durch den gleichermaßen schiefen Hinweis, der Himmel aber sei ›near Chicago‹.
Moment mal, hier stimmte doch nun gar nichts mehr. Warum wollte ich eigentlich ausgerechnet diese Fassung hören? Beziehungsweise, ich hatte mich mittlerweile zu den Genuine Basement Tapes vorgearbeitet, warum suchte ich nicht I'm Not There (1956) oder The French Girl heraus, sondern legte statt dessen zielstrebig ein Stück auf, das mit geradezu leichtfüßiger Lässigkeit dahintrieb?
›Now look here, dear Sue, you best feed the cats.
The cats need feeding, you're the one to do it.
Get your hat, feed the cats,
You ain't goin' nowhere.‹

Wohnraum- und Kellerstudio eines rosafarben gestrichenen Holzhauses können einen schon auf abwegige Gedanken bringen, über Monate hinweg wird zum reinen Privatvergnügen drauflos improvisiert, und am Ende kommt präzise ein Lesebuch der menschlichen Seele heraus, der Allgemeinheit – so sei's hiermit geklagt – bisher leider nur in beliebig zusammengestoppelter Auswahl zugänglich gemacht seitens der verantwortlichen Plattenfirma.

›*Just pick up that oil cloth, cram it in the corn,*
I don't care if your name is Michael, you gonna need some boards.‹

Wieder und wieder hörte ich mir dieses anheimelnd sinnfreie Stück an, bis ich darüber einschlief; nur am Rande sei erwähnt, daß Herr Kühn mich noch am gleichen Tag vorwurfsvoll darauf ansprach, wieso ich mitten in der Nacht mehrmals rücksichtslos laut gelacht sowie quallige Geräusche ausgemachten Wohlbehagens hervorgestoßen hätte? Um den wertvollen Schlaf sei er dadurch gebracht worden, in seinem Alter könne das schließlich »gesundheitlich unabsehbare Folgen« haben.

»Ehrlich? Sonne Scheiße«, entschuldigte ich mich sofort, bereute aber im Prinzip gar nichts, zumal ich mich auch kaum an diese Vorkommnisse erinnern konnte.

Jedenfalls war die neuerliche Zusammenkunft mit den drei bejahrten Herren im Frühstücksraum auf Anhieb geprägt von inniger Vertrautheit. Gegen elf rollte Dieter den üppig mit Getränken versehenen Servierwagen herein, womit unser heutiges Tagwerk in erfreulich vorhersehbare Bahnen gelenkt war; allein Eichhorst brachte mich kurzzeitig in Verlegenheit, als er mich unversehens zwischen zwei Bieren aus zusammengekniffenen Schweinsäuglein fixierte und die gefürchteten Worte sprach:

»Höremol, Kahl. Wat sagt eigentlich Deine Freundin dazu, dat Du hier so rumlungerst?«

Nichts, entgegnete ich lahm, seinem amüsiert bohrenden Blick ausweichend.

»Wie ›Nix‹?« insistierte der Alte unerbittlich. »Häss Du keine?«

Augenblicklich sperrten auch Kühn und Weyer neugierig die Ohren auf.

Das sei so, wand ich mich, momentan befände ich mich im Status eines sogenannten Singles, was, Eichhorst vermute dies zu recht, gewissermaßen auch den Grund für meine Anwesenheit darstelle, ich versuche nämlich meinen Trennungsschmerz ... ja, was denn eigentlich? Zu überwinden?

Auszuleben? Bestürzend schimmerte die Lächerlichkeit meines Verhaltens auf. Hatte ich etwa ernsthaft vorgehabt, in Zimmer siebzehn klaglos, nein »Haldemah«, eher jammervoll zu verenden? Dumpf bestrebt, die Himmelspforte zu erreichen, bevor sie zugeschlagen wurde? »Höremol, wat iss denn nu?« holte mich Eichhorst in die Gegenwart zurück. »Isse fott? Wie heeßt se dann?«

Elena heiße sie und, ja, sie sei fort, nach einem knappen Jahr. Ohne erkennbaren Grund, der aber vermutlich wohl bei mir liege, redete ich unsinnig daher.

»Jä, dat iss der Driet. Die Wiever brauchen ständig Zuspruch«, klopfte Eichhorst zur Betonung mehrmals seine Bierflasche auf die Tischplatte. »Dat mußt Du einfach ignorieren, Kahl. Dann lüppt dat schon.«

Herr Kühn teilte diese Meinung nicht. »Hermann, von Frauen verstehst Du wirklich nix. Sonst wär Dir auch die Erika nicht weggelaufen. Kahl ...«

»Wouäh! Hör mir auf mit dämm Errika!« brüllte Eichhorst aufgebracht dazwischen. »Dat dreggelich Ahl. Dat hätt mich doch nur benutzt für seine obszönen Gelüste!«

Herrn Weyer fiel die Zigarre aus dem Mund. »Hömma«, schaltete er sich ein. »Sag mir nix gegen die Erika. Gut, ein Luder war sie schon. Aber, Hermann, die hat Dir«, sammelte er seinen Stumpen wieder auf, »Kultur gebracht. Kultur, Hermann! Bei der Erika hast Du nicht so unmäßig getrunken. Dat mußt Du doch zugeben, woll?«

Mit vulgärer Geste wischte Eichhorst Weyers Einwand fort. »Wouäh! Mit dämm Errika wär ich längst verdorrt«, schimpfte er, die Pranke nach seinem Bierglas ausstreckend. »Zum Glück«, zwinkerte er listig, »hatten wir ja noch dämm Polizeikaffee. Insofern hätt dat auch wieder seinen Vorteil gehabt, dat Nacharbeiten. Kahl, dat mußt Du Dir vorstellen. Glühwein, schön mit Rum aufgepeppt. Dat ganze Jahr durch. Die gesamte Wache hätt danach gestunken, von oben bis unten. Dat Aroma zog die Straße runter, bis ins Dorf. Hähähä! Glaub mir, ohne Polizeikaffee wär ich ruckzuck verdorrt. Wie ein Primelchen.«

»Dat hilft dem Kahl getz auch nicht weiter«, versuchte Herr Kühn, das Gespräch wieder auf eine sachliche Basis zu stellen.

»Jä, dä Kahl. Dat iss auch so ein Primelchen«, frohlockte unbeeindruckt Eichhorst. »Oder haldemah, ein Mimösken iss dat.«

Schamlos blinzelte er mir zu: »Da weiß ich ein Plätzken hinterm Bahnhof, da findet dat letzte Mimösken ein ...«

»Hermann!« Simultan kam das aus Weyers und Kühns Mund. »Wenn Du nicht aufhörst, dann entziehen wir Dir die Getränke«, wuchtete sich Willy Weyer drohend in die Höhe.

Beschwichtigend wedelte Eichhorst mit den Händen und schob mir mit verschwörerischem Blick eilig eine Bierflasche zu. »Dä. Gegen dat Elend. Dat Ellena-Elend«, konnte er sich eine letzte Anzüglichkeit nicht verkneifen, hielt sich dann aber betont zurück, schließlich wollte er sich den künftigen Alkoholgenuß nicht verscherzen. Das Machtwort Herrn Weyers hatte Wirkung gezeigt.

Überhaupt verzichteten die drei Senioren von da an erstmal auf fragwürdige Ratschläge und horchten mich auch nicht weiter aus. Gleichsam einer stillen Übereinkunft folgend, tranken wir schweigend vor uns hin, bis wiederum Eichhorst Symptome beginnender Unruhe zeigte. Anfangs wippte er nur ein wenig auf seinem Stuhl herum, kippelte verspielt sein Glas, bald zerpflückte er sorgfältig den Bierfilz, schließlich breitete sich ein unauslotbares Grinsen über sein Gesicht. Betont nebensächlich mit seinen Wurstfingern wirre Figuren auf die Tischplatte malend, gluckste er dann unvermittelt: »Kahl, hömma.« Er wartete kurz ab, ob sich bei Kühn und Weyer Widerstand regte; als von da keine Gefahr drohte, wiederholte er etwas lauter: »Höremol, Kahl.« Leicht stieß er mich an. »Dat mußt Du mir glauben jetzt. Ich bin ja nicht religiös, aber«, stärkte er sich geschwind mit einigen Schlucken Bier, »ich will Dir mal eins sagen. Gott hat die Frau geschaffen, um uns von der Arbeit abzuhalten. Und«, setzte er nach einem weiteren tiefen Zug aus seinem Glas fort, »von der Muße. Merk Dir dat.«

»Bekloppt«, kommentierte Heinz Kühn diesen hanebüchenen Unfug. »Wie hat die Erika dat nur einen Tag mit Dir ausgehalten?«

»So eben«, lachte Eichhorst verschmitzt. »Und umgekehrt. Drum hab ich sie ja ziehen lassen. Dä Kahl da, der Quatschkopp, der hätt seinem Ahl justement hinterher sollen. Sonne fuhle Hund.«

Bestätigung heischend schaute er seine beiden Kumpane an. »Oder stimmt dat nit?« setzte er nach, als die keine Regung zeigten.

»Laß den Jung doch erstmal mit sich im Reinen kommen«, wiegte Weyer sein Haupt. »Dann wird sich dat schon finden.«

»Genau«, krawallte Eichhorst jäh mit blitzenden Augen. »Wir finden Dir dat Ellena, Kahl. Alle viere. Fahren wir gleich morgen rüber nach Düsseldorf. Gehen wir erstmal schön in die Landsknecht-Stuben, Frühstück trinken, dann nehmen wir die Ermittelungen auf. Kannst Du mir glauben, Junge, dat biegen wir Dir hin bis zur Sperrstunde. Hähä!«

Ich muß die drei daraufhin wohl mit einer derart entsetzten Miene angeglotzt haben, daß sie Eichhorsts Vorschlag – wenigstens in meiner Gegenwart – nicht weiter beraten wollten, mir zwei Flaschen Bier in die Hand drückten und mich justement aufs Zimmer schickten.

Bob Dylan blieb an diesem Abend auf der Strecke, da ich das dringende Verlangen nach kräftigendem Schlaf spürte und endlich den betäubenden Alkoholschleier loswerden wollte. Irgendwie schien die ganze Angelegenheit an einen Punkt gekommen, wo mir das Rentnertrio nicht mehr weiterhelfen konnte. Obwohl, heute frage ich mich, ob der gemeinsame Ausflug – beziehungsweise eher: Kneipenwechsel – nicht doch eine charmante Abwechslung gewesen wäre; die Vorstellung, mit drei lärmenden Greisen durchs verschnarchte Benrath zu ziehen, vielleicht an Eichhorsts alter Wirkungsstätte reichlich Polizeikaffee zu kosten, anschließend mit nochmals erhöhter Lautstärke die »Ermittelungen« aufzunehmen, nach deren ergebnislosem Verlauf noch rasch einen Schlummertrunk in den Landsknecht-Stuben einzufahren und bestens gelaunt wieder ins Hotel Garni heimzukehren, diese Vorstellung hatte schon etwas Apartes. Seinerzeit jedoch wollte ich mich für so einen Scheiß nicht hergeben, schade eigentlich.

So überlegte ich mir auf dem Weg zum Frühstücksraum, wie ich die Senioren, sollten sie tatsächlich auf der Durchführung des Ausflugs bestehen, abwimmeln könnte; es kam aber gar nicht mehr dazu, denn als ich einen Blick durch die Eingangstür warf, entdeckte ich, daß mein Platz am Altherrentisch schon belegt war von einem offenbar frisch angereisten, elend dreinblickenden Mittdreißiger, auf den Weyer sanft, Eichhorst in gewohnt rumorender Art einschwadronierte, dieweil Heinz Kühn hustend in meine Richtung geschlurft kam.»Morgen, Kahl«, begrüßte er mich milde lächelnd.»Ein schwerer Fall«, deutete er vage in den Hintergrund. »Ich hol mal grad den Dortmunder Tropfen.«

Wir wechselten einen längeren Blick.

»Du brauchst uns ja wohl nicht mehr, woll?«

»Heinz.« Ich spürte, wie sich meine Kehle zusammenzog. Endlich dämmerte mir, welcher Aufgabe sich die drei vordergründig so nutzlosen

Kerle da eigentlich widmeten, und dankbar streckte ich Kühn die Hand entgegen.

»Du weißt ja, wo Du uns findest«, sagte der Alte vergnügt. »Wenn's mal wieder pressiert.«

Ich schaute ihm nach, wie er sich mühselig die Treppe hinaufkämpfte, hörte zum Abschied sein verschleimtes Husten, beobachtete auch noch eine Weile das Treiben im Frühstücksraum. Dann ging ich hinauf aufs Zimmer, packte meine Sachen zusammen und suchte die Rezeption auf.

»Die Rechnung?« tönt es hohl aus dem Hinterzimmer, wenig später erschien das verwitterte Konterfei des Portiers im Türrahmen.

Ich nickte. »Die Rechnung.«

Ein zweites und letztes Mal nahm ich den Anblick des Hotels in mich auf. Bei Tage wirkte das Gebäude noch baufälliger, doch schien es seine Risse und Wunden mit Stolz zu tragen. »Noch lebe ich!« glaubte ich es raunen zu hören. »Ich werd's schon überleben.«

Tief sog ich die feuchte Herbstluft ein, murmelte ein erleichtertes »Sonne Scheiße«, stieg in meinen Wagen und verließ Essen. Als ich in die Autobahnauffahrt einbog, schob ich eine Cassette in den Radiorecorder. Tangled Up In Blue, und ich könnte beinahe schwören, das Band begann an der Stelle zu spielen, als Dylan sang:

›*So now I'm goin' on back again,*
I got to get to her somehow.
All the people we used to know
They're an illusion to me now.‹

Tanze, tanze, tanze

von Anna Bella Heinemann

Eine Frau in rotem Kostüm bog so eilig um die Ecke, dass das Zurückschwingen der Glastürflügeltüren irgendwie zu langsam wirkte. Erstaunlicherweise prallte sie nicht gegen die gläsernen Flügel, sondern glitt glatt durch die Öffnung. Draußen war es grau in grau, wie schon seit Ewigkeiten. Warum trug diese Frau eine Sonnenbrille? Dann: »Herzlich willkommen, was kann ich für Sie tun? Name, Zimmernummer... Selbstverständlich, ich bitte den Concierge, Ihre Koffer zu nehmen. Keine Koffer? Gut. Wird Ihr Gepäck noch gebracht?« »Verdammt noch mal, ich habe kein Gepäck!« »Selbstverständlich. Entschuldigen Sie, bitte.« »Geben Sie mir den Schlüssel!« Die Chipkarte glitt über den Tresen. Sie griff danach mit spitzen Fingern und ging. Schwarze Schuhe, Pfennigabsätze, geübter, aber eiliger Gang. Sehr schöne Beine.

Ein Glockenschlag kündigte den Fahrstuhl an. Der Fahrstuhl erfasste die Frau, sie drehte sich mit dem Gesicht zur Metalltür, die sich vor ihr schloss. Der Anzeiger über der Fahrstuhltür zeigte Eins, Zwei, Drei und schließlich Vier, wo das Licht verharrte.

Vierzehnfünfzig, Reisegruppe Goslar, 24 Personen, Einzel- und Doppelzimmer, 312 – 328, Herzbrock, Olaf. »Guten Tag Herr Herzbrock, haben Sie eine gute Reise gehabt? Ja, alles klar für Sie. Hier Ihre Schlüs-« »Hey, Sie?«

»Ja? Was kann ich für Sie tun?«

»Ist hier eben eine Frau reingekommen? So Mitte Dreißig, groß, blond, rotes Kostüm?« »Entschuldigen Sie bitte, ich weiß nicht, was Sie meinen.« »Ich suche meine Frau, sie ist eben auf der Straße vor Ihrem Hotel aus einem Taxi gestiegen und da habe ich sie aus den Augen verloren.«

»Wie bitte?«

»Meine Frau. Sie ist aus dem Taxi gestiegen und ich habe nach dem Gepäck gesehen und da war sie weg. Ist sie hier herein gekommen?« »Eben ist eine Frau angekommen. Sie ist auf ihr Zimmer gegangen, das auf ihren Namen reserviert war.«

»Welches Zimmer ist das?« – Ja, ja, und den Schlüssel geb' ich Dir gleich in die Hand. Bringt euch zuhause um -»Entschuldigen Sie bitte, ich denke, ich kann Ihnen diese Information nicht geben. Aber ich kann Ihre Frau anrufen und sie fragen, ob sie Besuch wünscht.« »Hören Sie, Sie blödes Arschloch...«, die Hand des Mannes vor dem Tresen raffte das Revers des Hotelangestellten und zog ihn zu sich heran. Die Köpfe der Männer kamen sich sehr nah. Der Ehemann atmete zwischen den zusammengebissenen Zähnen hindurch, die Lefzen zornig nach oben gezogen.

»Wo – ist – meine – Frau?«

Die Finger des Hotelangestellten waren wie ein Schwarm Jungfische, so behände fingerte er unter dem Tresen nach dem Alarmknopf herum. Hätte die Sonne auf seinen Körper geschienen, bestimmt hätten seine Fingerflanken in den Sonnenstrahlen geblitzt und da verlor er schon den Boden unter den Füßen und der Alarmknopf bohrte sich in seine Plastikummantelung.

Auf dem Polizeirevier leuchtete ein Lämpchen auf und der Hotelangestellte schwebte über dem Tresen und das riesig rot angeschwollene Gesicht des Angreifers, das nur aus Maul mit Zähnen von Raubtier bestand und schäumte und »meine Frau, meine Frau, meine Frau« geiferte, war wie ein fleischigspeiender, aufgeblasener Ballon. Der Hotelangestellte über dem Tresen nahm eine Stricknadel aus seinem Revers und sagte laut und deutlich mit hochgezogenen Brauen: »Entschuldigen Sie mein Herr, Ihr Verhalten geziemt sich nicht.« Mit diesen Worten stach er die Nadel in die geschwollene Stirn und schloss die Augen. Außen auf seinen Lidern fühlte es sich unmittelbar nach dem feuchten Knall nass und warm an. Statt des roten Ballons sah er vor sich einen winzigen Kopf schlaff auf dem Hals des Mannes baumeln, der ihn immer noch in der Luft schwenkte. Mühsam versuchte der Mann seine Kopfblase gegen die Schwerkraft zu stemmen und sein faltiges Säuglingsgesicht in Richtung des Hotelangestellten zu bringen. Gurgelnde Geräusche entrangen sich dem merkwürdigen Gebilde. Wären die Arme des Ehemannes nicht so entsetzlich lang und stark gewesen und seine riesigen Hände nicht so schraubstockartig um seinen Kragen gefasst, der Hotelangestellte hätte dem blubbernden Etwas seine Ausstülpung in den Hals gedrückt und ihn so zum Schweigen gebracht.

Dieses Geblubber war ja noch viel unerhörter als seine unflätige Tirade zuvor.

»Entschuldigen Sie bitte, können Sie bitte den Herren herunterlassen? Erstens sieht er schon reichlich derangiert aus und zweitens habe ich in diesem Hotel Zimmer für unsere Reisegruppe bestellt und würde gerne die Schlüssel von ihm in Empfang nehmen, bevor meine Mitreisenden gleich hier ankommen werden. Wir hatten ein anstrengendes Programm heute und ich möchte, dass die Gruppe einen entspannten Abend hier im Hotel verleben kann. Mein Name ist Olaf Herzbrock.«

Mit diesen Worten reichte er dem Ehemann die Hand, der sie spontan ergriff, was dazu führte, dass der Hotelangestellte zurück hinter seinen Tresen herab fiel und sich die Krawatte richtete. Der Ehemann ließ ein Zischen vernehmen, bei dem sein kleiner Blasenkopf sich kurz aufrichtete und dann wieder schlaff zur Seite sank. Der Hotelangestellte setzte sein Empfangslächeln auf. »Guten Tag Herr Herzbrock. Hatten Sie denn eine angenehme Reise?« plauderte er.

»Ja, sehr zu unserer Zufriedenheit. Nur – heute sind wir die zwanzigtausend Treppenstufen zum Heizpalast emporgestiegen, wissen Sie, das war schon sehr anstrengend. Gerade für die älteren Teilnehmer unserer Reisegruppe. Und die Frau Rehlein sitzt ja auch im Rollstuhl, das ist dann nicht so einfach, wie Sie sich sicherlich vorstellen können.«

»Ja, gewiss. Sehen Sie her, ich habe die Zimmer 312 bis 328 für Sie vorbereitet.« Der Hotelangestellte griff die bereitliegenden Chipkarten der genannten Zimmer und reichte sie dem Kunden direkt in die Hand, da auf dem Tresen Spritzer vom Kopf des Ehemannes waren und er es dem Kunden nicht zumuten wollte, seine Manschetten zu beflecken. »Ich wünsche Ihnen einen angenehmen Aufenthalt.«

An den Ehemann gewendet fuhr er fort: »Und Sie sehen zu, dass Sie die Sauerei hier wegmachen. Wie sieht denn das aus? Dieses ist eine Hotellobby und kein Schlachthaus. Dort hinten neben der Damentoilette ist eine Geheimtür in der Wand. Wenn Sie auf der Tapete, dort wo der Blumentopf ist, auf die Lilie und die Pupille der Nixe drücken, dann schwingt die Wand zurück und Sie kommen in einen Gang. Am Ende des Ganges ist auf der linken Seite der Raum der Putzfrauen. Dort finden Sie alles, was Sie brauchen werden, um hier wieder klar Schiff zu machen. Und seien Sie freundlich zum Putzpersonal, das rate ich Ihnen!« Der Mann kugelte wie ein Ball in Richtung der Damentoilette, so sehr krümmte er seinen

Rücken in Demut und Schuldbewusstsein. Sein lächerlicher kleiner Kopf baumelte an der Seite an seinem Hals wie ein Truthahnkehllappen und drehte sich um sich selbst. Der Hotelangestellte holte eine Sprühflasche und ein Seidentaschentuch hinter dem Tresen hervor und sprühte auf den Tresen einige Spritzer Feuchtigkeit, um dann selbige und die Spritzer vom geplatzten Kopf des Ehemannes zu entfernen. »Same procedure as last year, Miss Sophie? Same prssiedr äss ävrri jier, James!" dachte er und es quietschte, als er ein wenig Festes mit starkem Druck von der Platte wischte.

»Entschuldigen Sie, haben Sie auch eine aktuelle Ausgabe der »Bunte« im Hause?«

»Guten Tag Frau Holger. Selbstverständlich. Ich halte sie hier für Sie bereit. Ich weiß doch, dass Sie diese abgegriffenen Lappen nicht lesen mögen und für unsere Stammgäste ist es uns ein Vergnügen, ihnen die aktuellen Erscheinungen ihrer bevorzugten Lektüre bereit zu halten.«

»Sie Charmeur!« Frau Holger zog mit ihrem Zeigefinger, der in einem roten, langen Fingernagel endete, eine Linie über die linke Wange des Hotelangestellten. Die Oberfläche riss auf und ein wenig weiße Watte wölbte sich aus dem Inneren des Mannes hervor.

»Frau Holger, nun sehen Sie doch, was durch ihre unpassende Leidenschaftsaufwallung geschehen ist. Ich verstehe ja, dass Sie mich begehren, zumal ich ein äußerst begehrenswerter Mann bin, aber das geht doch nicht, Sie geiles Ding. Und das in Ihrem Alter.« Irgendwie erstaunt sah die alte Dame auf ihre runzelige, blaugeäderte Hand. Ihr Zeigefinger hatte ein starkes mittleres Gelenk, das fast ununterbrochen schmerzte, besonders stark, wenn es Herbst wurde und somit die Jahre ihr wieder und wieder nahe legten, endlich zu sterben. Bisher weigerte sie sich jedoch hartnäckig. »Vielleicht haben Sie Recht,« murmelte sie und sah noch immer nachdenklich auf ihren Finger.

»Dort neben der Damentoilette in der Wand ist eine versteckte Tür. Wenn Sie am Blumenstrauß auf die Lilie und die Pupille der Nixe drücken, dann schwingt die Wand zurück und Sie gelangen am Ende des Ganges links zum Raum der Putzkräfte. Fragen Sie dort doch bitte nach einem Pflaster. Dann machen wir das Malheur quasi ungeschehen.« Frau Holger lächelte und strich zart mit der flachen, weichen, alten Hand über die andere Wange des Hotelangestellten. »So machen wir es.« Sie hinkte zwar schwer auf ihre Krücken gestützt auf das WC für Damen zu, trug das Haupt aber hocherhoben. Mühsam legte sie die Krücke der rechten Hand an die der Linken und fingerte an der bedruckten Tapete herum. Nach einiger Wackelei schwang die Wand zurück und die alte Dame tastete sich in den Flur dahinter. Die Wand schloss sich wieder. Der Hotelangestellte blickte auf den glänzenden Tresen und stopfte seinem Spiegelbild die Watte notdürftig wieder in die Wange zurück. Dann fuhr er mit der Hand über die gläserne Oberfläche vor ihm. Er rollte ein Filzläppchen aus und strich es glatt. Leise summend stellte er den Wechselgeldteller auf das Filzläppchen und dachte versonnen an ein Radeberger Pils, das auf dem Teller beworben wurde. Das Glas gegen die Sonne erhoben, wie sein Körper zuvor von dem Ehemann zur Neonröhre gehievt. Das Bier jedoch im Gegensatz zu seinem Körper nicht schlaff und schmerzhaft, sondern einfach goldgelb perlend, herb im Geschmack und in diesem Augenblick so verheißungsvoll, dass der Mann hinter dem Tresen kurz vom Feierabend mit einem gesegneten Bier träumte.

Das Telefon klingelte in die Bierphantasie des Hotelangestellten. Er führte das Glas zum Munde und sprach ein beherztes »Ahhh« in den Hörer, wie man es äußert, wenn man einen Schluck köstlichen Bieres an einem lauen Sommerabend nach getaner Arbeit auf dem Felde die trockene Kehle benetzen lässt. »Was soll das? Wer ist da?«
»Herrliches Herforder. Was kann ich für Sie tun?«
»Ach so! Sail away. Ich bin heute ein König des Pilsgeschmacks.«
»Ich hoffe, ich habe Sie nicht falsch verstanden, denn das hätten Sie sicher mit Felsquellwasser gebraut, Sie Krone des Pilsgenusses.«
»Sie sind ein Kenner, wissen Sie, ich genieße diese Perle der Natur, besonders, wenn Sie das kleine Schwarze mit der blonden Seele tragen.« »Kein anderes Bier, auf Wiederhören.«
»Das ist nicht mein Bier, also nicht immer aber immer auf Wiederhören.«
Als der Hotelangestellte diese Worte in den Hörer sprach, hallte bereits das andauernde Tut in seinen Ohren. Sein Beruf verlangte von ihm ein breites Spektrum von Tätigkeiten.
Vor der Glastür begann es zu regnen. Das Wasser stürzte in derartigen Mengen vom Himmel, dass das Bild von draußen verschwamm. In dem diffusen Wasserspektakel hielt ein Bus. Aha, die Reisegruppe aus Goslar. Aber die Schleusen des Stoffregenreisebusses öffneten sich und eine Hundertschaft von Polizeibeamten quoll aus den Öffnungen. Die Flügel

der Glastür schwangen gemächlich beiseite, so dass einige Gesichter unter den Kommissarmützen zur Seite verzerrten, weil sie von außen an das Glas gepresst waren. Sie strömten in das Hotel, sobald die Glastüren sich zurückgezogen hatten. Als die ersten Beamten bereits ihre schmutzigen Fingerchen auf den Tresen drückten, flossen immer noch Polizisten aus dem Bauch des Busses nach. Müde blickte der Hotelangestellte auf. Die ganze Lobby war bereits gefüllt mit Polizisten, die überall ihre nassen Hände an die Wände und Bilder drückten und ihre vom Regen verschwommenen Gesichter hin und her drehten. Irgendwer fragte aus dem Getümmel:

»Wo ist der Mann? Wo ist der Schurke?« Da glitten auch schon Händchen über die bedruckte Tapete neben der Damentoilette und die regen kleinen Fingerchen drückten die Lilie und die Pupille der Nixe wahrscheinlich nur zufällig, aber die Wand schwang zurück und die ersten Polizisten purzelten schon in den dunklen Gang. Ganz kurz sah der Hotelangestellte das verstörte Gesicht von Frau Holger aufblitzen, die ein Pflaster schwenkte, bald wie eine Ertrinkende damit aus dem Beamtenstrom winkte, als die Polizistenflut in den Gang strömte und langsam aus der Lobby verebbte. Die Wand schloss sich wieder, als der letzte Beamte abgeflossen war und es blieben nur die Millionen Fingerabdrücke auf den Gemälden in der Empfangshalle zurück. Seufzend griff der Hotelangestellte unter den Tresen, holte die Sprühflasche mit dem Reinigungsmittel hervor und zupfte vorsichtig etwas Watte aus seiner Wange, wie aus einem Spender und begann ein Bild nach dem anderen zu reinigen, indem er die Glasscheibe ansprühte und dann mit seinem Wattestückchen trockenrieb. Hier und da, wo ein Fettfingerchen an einem Gemälde hing, da hauchte er auch mal an die Scheibe und rieb dann solange, bis es zermahlen war und in seinem Wattestückchen Platz genommen hatte. Schließlich steckte er das gesättigte Wattestückchen zurück in sein Gesicht, sprühte sich etwas Reinigungsmittel auf den Zeige- und Mittelfinger der linken Hand und rieb mit den benetzten Fingern über seine Wange. Der Schlitz verschwand. Er machte ein paar Kaubewegungen, wie jemand, der die Funktionsfähigkeit seines Kiefergelenks testet und verteilte so die Watte wieder gleichmäßig im Inneren seines Gesichts. Bevor die Reisegruppe aus Goslar ankommen würde, würde er sich ein wenig in die roten Kunstledersessel vor dem elektrischen Kamin mit dem Knistern vom Band setzen und ein wenig beim Schmökern in einer ausgelesenen Zeitschrift entspannen.

Da fiel sein Blick plötzlich auf Olaf Herzbrock, der mit hängendem Kopf, auf dessen Gesicht sich ein verklärtes Lächeln zeigte, während des ganzen Tohuwabohus links neben dem Empfangsschalter gestanden hatte. Der Hotelangestrengte sprang eilig auf und stürmte zu dem Gast. »Herr Herzbrock, bitte entschuldigen Sie dieses Theater. Das ist nicht repräsentativ für unser Haus... Herr Herzbrock?« Der Kunde reagierte nicht. In seiner linken Hand hielt er die Chipkarten für die Zimmer der Reisegruppe. Der Hotelangestellte blickte an ihm herab. Ungefähr auf der Mitte seiner Waden und abwärts färbte sich Herrn Herzbrocks Hose dunkel. Die Schuhe waren nass. Unter seinen Füßen waren kleine Pfützen. »Wasserschaden. Diese Beamtenflut hat meinen Kunden ruiniert.« Kopfschüttelnd griff er den Mann bei den Schultern und schüttelte ihn. Herrn Herzbrocks Blick blieb leer und entrückt.

»Es ist doch völlig klar, dass der Einsatz von dieser sensiblen high-end Technologie bei gewöhnlichen Menschen mit mittlerem IQ deplaziert ist. Die kleinste Abweichung vom Normerleben, sofort schwerer Ausnahmefehler und defekt. Diese Wegwerfmentalität bei den Herstellern ist mehr als fraglich, besonders wenn man sich die Implikationen für die Umwelt vergegenwärtigt,« dozierte der Hotelangestellte und griff sich ans Kinn: »Gut, dass ich mich damals in der Konstruktionsphase dafür eingesetzt habe, dem gewöhnlichen Bürger eine mechanische Alternativsteuerung einzupflanzen, einfach um dem Grundgedanken der Nachhaltigkeit wenigstens irgendwie Rechnung zu tragen. Es würde sich der ganze Aufwand der Initialisierung und Aufzucht gar nicht lohnen, wenn das Ergebnissubjekt derartig fragil wäre.«

Mit diesen Worten griff der Hotelangestellte zielsicher unter Herrn Herzbrocks Pullover. Erklomm mit seinen Fingern seinen Rücken bis zur Hälfte, zupfte den Klettverschluss im Hemd auf. Dann klappte er das metallene Schraubrädchen um, so dass es senkrecht zur Hautoberfläche drehbar wurde und zog Herrn Herzbrock mit kräftigen Drehbewegungen auf. Er drehte so lange gegen zunehmenden Widerstand, bis er den Mann schließlich auf voller Spannkraft hatte. Er ließ das Drehrad einklappen und zog den Arm glatt aus der Kleidung des Kunden. Dieser plapperte schon fröhlich los, als der Hotelangestellte ihm prüfend ins Gesicht sah. »Ich sage Ihnen, als wir diese Treppenstufen eine nach der anderen erklommen, das war ein Gefühl der Herrschaft. Der Herrschaft über den eigenen Körper und auch über die Welt, also mehr als ein abstraktes Konstrukt, als tat-

sächlich materiell. Irgendwie metaphysisch, auch schon ideologisch. Aber nicht tatsächlich, mehr so im Herzen wissen Sie, so ganz innen drin.«
»Herr Herzbrock, geht es Ihnen gut?«
»Ja, ja, das kann ich sagen. Mir geht es sehr gut. Ich fühle mich auf dem Gipfel meiner Leistungsfähigkeit und genieße den Blick über das umliegende Land.«
»Sehr gut Herr Herzbrock. Das freut mich für Sie. Sagen Sie, können Sie mir eventuell einen Gefallen tun?«»Generell lasse ich mich auf solche Anträge ungern ein. Schließlich kann ich nicht kalkulieren, ob Sie nicht wohl etwas Unerhörtes erbitten werden. Aber meine Intuition sagt mir, dass Sie mich nur um einen Gefallen bitten werden, von dem Sie schätzen, dass er mit etwas gutem Willen ohne zu viel Unbill für mich zu erledigen sei. Nun, so will ich zusagen, allerdings ohne Gewähr. Falls meine, hier in diesem Gedanken umrissenen, Allgemeinen Geschäftsbedingungen durch eine unpassende Forderung Ihrerseits quasi ad absurdum geführt werden würden...«
»Gut, passen Sie auf, ich hatte einen wirklich langen, harten Tag heute. Gleich kommt Ihre Reisegruppe. Denken Sie, Sie können das alleine schaffen, die Leute auf ihre Zimmer zu verteilen? Ich bin entsetzlich müde und würde gerne zuhause auf meinem Sofa liegen.«
»Sehen Sie, wie triumphierend meine Brust schwillt? Einer Fanfare gleich schmettere ich Ihnen zu: Gehen Sie mein Bruder, ich bin ein weltgewandter Mann, ich kann die Verpflichtungen, die Ihr Beruf mit sich bringt, souverän erfüllen. Dazu braucht man wohl kein Abitur, über das ich trotzdem verfüge und unter uns, ich habe sogar studiert.«
»Herr Herzbrock, das freut mich außerordentlich. Ihr Name verrät zwar Ihre bäuerlichen Wurzeln, die Sie auch mit Ihrem ganzen verkackten Geschwafel nicht kaschieren können, aber darum soll es hier auch nicht gehen. Unhöflichkeiten würden nur dazu führen, dass Sie mir den Gefallen, um den ich Sie gebeten habe, abschlagen werden. Also heuchele ich Sie ungeniert von der Seite an und sage: Sie feiner, edeler Mensch, ich danke Ihnen, Sie tun einem alten, müden Dummkopf einen großen Gefallen, dass er seine arthritischen Glieder zur verdienten Ruhe betten kann. Danke Mann.« Er nahm die Stirn des Mannes in beide Hände und küsste sie knallend. Anschließend setzte er das Körperteil zielgenau wieder in den Kopf zurück. Herr Herzbrock rieb sich erstaunt seine Stirn. »Ich bin bereit,« sagte er ohne rechte Überzeugungskraft.

»Gut, Herr Herzbrock, schauen Sie mal, hier unter dem Tresen ist eine Sprühflasche mit Reinigungsmittel und hier ist ein Lappen. Aber vielleicht können Sie da ja auch auf eigene Ressourcen zurückgreifen. Das werden Sie brauchen. Auf Wiedersehen.«

Der Hotelangestellte wandte sich vom Tresen ab, ließ den erwartungsvollen Nachfolger links von sich stehen und steuerte auf die Glastür zu. Der Regen hatte aufgehört, es war wieder grau in grau draußen. Er durchschritt die zurückschwingenden Glastürflügel, die sich hinter seinem Rücken schlossen. Draußen die ersten Schritte zögerlich, dann federte er einmal aus den Knien und begann in dem Moment auszuschreiten, als neben ihm ein Taxi hielt und eine Frau mit sehr langen Beinen in einem roten Kostüm nervös aus dem Fahrzeug sprang, eilig ihre Sonnenbrille in das angespannte Gesicht setzte und auf das Hotel zustrebte. Der Hotelangestellte schwebte förmlich über den Bürgersteig.

Wo, wenn nicht Hier oder Wann, wenn nicht Jetzt

von Jürgen Schleuter

Den ganzen Tag über war es schon nicht hell geworden. Der Regen prasselte unentwegt aus einer einzigen, bleischweren Wolke auf die Stadt. Es musste so gegen 20 Uhr gewesen sein. Ich saß leicht deprimiert und abgestumpft am Tresen der Rezeption, verrührte zeitungslesend Zucker in meinem Kaffee. Auf einmal wurde die Eingangstüre mit solcher Wucht aufgeschlagen, dass sich die Klinke auf der Türinnenseite für einen kurzen, schmerzhaften Moment in die Wand verbiss. Die schon vorhandene Mulde vertiefte sich ein weiteres Mal, feiner Rigips rieselte zu Boden. Wind, Verkehr und Regen durchbrachen meine Stille – es gab immer wieder diese extrovertierten »Hoppla-Hier-Komm-Ich-Arschlöcher«, die schon beim Hereinkommen ein gänzliches Versagen elterlicher Erziehungsmethoden zur Schau stellten. Verdammt, wie lange hatte ich mir jetzt eigentlich schon vorgenommen, einen neuen Türstopper zu organisieren?

Sie kam herein, knallte ihre drei großen Taschen vor dem Tresen auf den Boden. Ihre Augen taxierten gehetzt das gesamte Hotelfoyer. Ich faltete gemächlich die WAZ großflächig, behielt sie in den Händen. Aus den Augenwinkeln sah ich einen Schatten am Rande des Tresens krabbeln.

»Hi! Schweinekalt da draußen, habt ihr hier noch ein Zimmer frei?«

Sie musterte angestrengt etwas hinter mir und dem Tresen:

»Tolles Loch, was ihr hier habt.«

Sie trug einen weiten abgetragenen Armeeparka, der bis oben hin dicht verschlossen war, ihr Bauch wölbte sich weit hervor. Unmengen von Wasserspritzern zerstoben in alle Richtungen, als sie die Kapuze nach hinten warf. Um den Hals, bis zur Nase hochgezogen, schwang sich ein breiter Schal und ihre langen, blonden Haare verschwanden fast vollkommen darunter. Eine weite Baumwollhose und feucht glänzende, weiß-schwarze Adidas Allround ergänzten ihr Outfit. Alles in allem der typische Politologen-Ruhrgebietsstudenten-Look. Ihre drei großen Designerlabelledertaschen, die auf dem Boden parkten, passten irgendwie nicht dazu. Sie waren zu ›düsseldorfmäßig‹. Sie zog den Schal nach unten, wischte sich mit dem Handrücken Tropfen von der Nase. Ich war angenehm überrascht, ihr

Gesicht hatte wirklich Model-Touch, passte ziemlich genau ins Beuteschema – wenn ich da nicht diese unbändige Fettleibigkeit unter ihrem Parka erahnt hätte. Damit fiel sie komplett aus, die wollte keiner flachlegen.

Ihre Stimme schien fast so eisig wie das eklige Winterwetter da draußen:
»Was geht jetzt hier oder was?«
»Aber hallo. Braucht das einen Applaus? Kommt herbei ihr Kofferträger, Zimmerkellner und Serviererinnen, umsorgt unseren Gast. Richtet die Präsi-Suite, auf dass unser Ehrengast eintreten möge. Kann ich sonst noch was für dich tun?«
Sie nervt, dachte ich. Ich rollte die WAZ zusammen, reflexartig ließ ich sie auf den Tresen klatschen – erfolgreich – ich hatte auf das schleichende Etwas in fühlerbewährter Panzerung, das ich mittlerweile als sich zielstrebig in Richtung Küche bewegender Kakerlak identifiziert hatte, gezielt. Mit Genugtuung stellte ich mir den klebrigen, grünlichen Insektenschleim auf der Unterseite der Zeitung vor und hoffte, es würde nicht zu eklig werden, die Reste vom Tresen zu entfernen. Ich schielte zu ihr hinüber – wenn sie es gesehen hatte, würde sie jetzt reagieren, eine bessere Chance zur Breitseite war schwer zu bekommen. Der Mops schien in etwa meine Gewichtsklasse zu haben, wenn es darum ging, zynische Sprüche vom Stapel zu lassen. Ich selbst hielt mich normalerweise ziemlich gut, tänzelte schmetterlingsgleich wie Muhammad Ali und stach dann – im richtigen Moment – zu wie eine Biene.

»Auch Kakerlaken empfinden Schmerzen… Und haben schätzungsweise mehr Emotionen als du,« polterte sie.
»Aha, intellektuelle Theoretikerin! Madam ist Expertin für die Theorie der Gefühle im Insektenreich,« ich wurde warm, hob die WAZ und ließ sie einen Blick auf den zuckenden Matsch werfen.
Sie sah mir kalt in die Augen und kramte dabei in ihrer Manteltasche herum. Dann hielt sie mir ein Bild unter die Nase. Ich tat ihr den Gefallen, nahm ihr das Bild aus der Hand. Es zeigte im Vordergrund ein etwa neunjähriges, nacktes, vietnamesisches Mädchen, das mit angsterfülltem, schmerzverzerrtem Gesicht um ihr Leben rannte. Sie schien schwere Verbrennungen zu haben. Hinter ihr schlängelte sich eine abschüssige Schotterpiste geradewegs in die Hölle. Armeehubschrauber kreisten über einem Dorf, Napalm darauf abwerfend. Das Dorf brannte lichterloh. An

seinem Rand stand der Dschungel in lodernden Flammen, man konnte torkelnde Feuerfackeln ausmachen, ich erkannte, dass es sich um Menschen handelte. Urplötzlich verspürte ich einen Kloß im Hals, ich räusperte mich. Das Bild war zweifellos eine der vielen Aufnahmen aus dem Vietnamkrieg die letztlich zu den weltweiten Protesten führten, die den Rückzug der Amerikaner begründeten und sie gezwungen hatten sich um andere interessante Regionen dieser Welt expliziter zu kümmern. Die Fotografen solcher Bilder standen in meiner persönlichen Top Ten-Liste engagierter Zeitgenossen ziemlich weit oben.

»Was fühlst du, wenn du das Bild ansiehst,« startete sie ihr Experiment. Ja, was empfand ich dabei? Das Bild machte mich betroffen, ich folgte meinem Naturinstinkt, wollte abblocken, konnte aber ihrem bezwingend stierenden, ja, irgendwie fast fanatischen Blick nicht entkommen. Sie hatte so etwas an sich...

»Skalpell Schwester, lasst uns des Portiers Hirn freilegen...«

Sie zeigte keine Reaktion. Ich gab auf und ließ meine Deckung fallen.

»Natürlich verspüre ich eine große Wut, was den sonst!«

Sie schaute eindringlich und abwartend, nicht zufrieden. Na gut, als gefühlskalter Eisblock wollte ich mich nicht abstempeln lassen, ich ging auf ihr Spiel ein.

»Wahrscheinlich weil ein Teil von mir versucht, nachzuempfinden was dieses Mädchen durchmacht... Ohne es wirklich jemals schaffen zu können, versuche ich in die Haut des Mädchens zu schlüpfen.«

»So als eine Art emotionaler Spiegel?«

»Mmh, ich weiß nicht, ein Spiegel wäre zu klar, zu stark... Und so ein Spiegelbild ist doch eigentlich eine Illusion, denn das, was im Spiegel als links erscheint ist rechts und das rechte ist das linke. Was ich empfinde ist mehr so eine Art schwaches Echo im Hochgebirge was undeutlich zurückgeworfen wird oder... vielleicht mehr eine schlechte Simulation?«

»Was meinst du damit?«

»Nun, man versucht das Bild als reale Begebenheit zu begreifen und simuliert seine eigenen, theoretischen Verhaltensweisen.« Ich war ihr auf den Leim gegangen und mitten in einer ernsthaften Diskussion. Worauf wollte sie hinaus?

»Du wirst doch nicht behaupten wollen, du könntest dir auch nur annähernd vorstellen, was dieses Mädchen durchmacht? Ihre Angst, Qualen, ihren Hass erahnen?«

»Nein, wenn ich es könnte, würde ich jetzt vermutlich unter Schock stehen. Aber ich empfinde tiefe Wut und ja, Hass.«

»Aha, du kannst also tatsächlich Gefühle empfinden, willkommen im Club. Um als Heilsbringer der Menschheit in die Geschichte einzugehen, fehlt allerdings noch ein wenig... Dein Hirn lauscht deinem Körper wie ein schlechter Schauspieler seiner flüsternden Souffleuse, um dann sein Emotionstheater für dich doch nicht aufzuführen. Und zu mehr bist du nicht fähig, angepasst und systemkonform...«

Sie verfiel in einen verächtlichen Tonfall: »Die meisten Menschen bewältigen ihr kleines Schauspiel indem sie verdrängen, nicht rezensieren. Sie verschwenden zuviel Zeit und Energie darauf, die Probleme zu diskutieren. Keiner versucht sie wirklich anzupacken, etwas zu verändern, zu solchen wirklichen Konsequenzen sind nur die wenigsten fähig.«

»Wie ein wütender Hund, instinktiv zähnefletschend angesichts der Ungerechtigkeit? Bin ich von Beruf Weltverbesserer der allen seinen Willen aufzwingt? Scheiße, ich will mich gar nicht zum Boss der Wiedergeborenen aller Erleuchtungsgrade aufschwingen! Mein Leben ist schon komplex genug, und angst- und stressfrei durchs Leben zu gehen, muss nicht die schlechteste Art sein, alt zu werden. Wärst du hingefahren und hättest die Amis vom Himmel geholt?« Große Töne konnte ich selber spucken, eingebildete Blödschwätzerin. Ich wurde langsam sauer, diese Theoretiker und Friedenskerzen-Aufsteller gingen mir immer auf den Sack, ich fand das ganze langsam peinlich.

»Noch so ein Scheißer, der sich Stacheldrahtverhaue gegen Gefühle gebaut hat. Für dich wird man irgendwann mal Gefühlskrücken entwickeln. Kleine Prothesen die dich davor schützen zu erkennen, wie leer und sinnentstellt dein Leben ist. Du bist so ...«

Abrupt hörte sie auf zu reden, zuckte schmerzerfüllt zusammen, hielt sich den Bauch. Nach einiger Zeit blickte sie auf, das Besessene in ihren Augen war etwas Sanftem gewichen, sie hielt mir ihre Hand hin:

»Den Schlüssel bitte.« Ich gab ihr die Nummer 7.

»OK, die Formalitäten machen wir morgen früh. Frühstück gibt's bis 9. Und keine Minute länger. Deinen Perso bitte noch, ich verwahre ihn.«

Sie griff in ihren Parka, reichte ihn mir. Dann hob sie keuchend ihre drei Taschen, stiefelte langsam und schwerfällig die Treppe hinauf. Ich machte keine Anstalten ihr zu helfen. Sie hatte sich das Zimmer nicht vorher angesehen, noch nicht mal um den Preis gefeilscht, frohlockte ich innerlich. Das sah nach einem kleinen persönlichen Aufschlag beim Auschecken aus. Irgendwie stülpte sie mein Inneres nach Außen, ich verspürte eine Abneigung gegen sie, sie schaffte es aus dem Stand, dass ich mich noch schlechter fühlte.

Ich versuchte meine missmutigen Gedanken zu verscheuchen, schob meine miese Laune auf das Wetter und schaltete den Fernseher an, um mir die Nachrichten zu geben. Das Hotel war an diesem Dienstag zu Beginn des Winters, bis auf den Neuzugang, komplett leer. Irgendwie schien es bergab zu gehen, auch im Fernsehen gab es nur Schlechtes zu berichten, es knisterte gehörig: Kriege überall, die OPEC beriet über Ölpreiserhöhungen, die die Weltwirtschaft schwächen würden, die Arbeitslosigkeit war angestiegen und die Rote Armee Fraktion stand im sicheren Verdacht, mehrere Banküberfälle im Ruhrgebiet verübt zu haben. Der Kommentator rätselte, welches Terrorprojekt mit dem Geld finanziert werden sollte. Vielleicht Passagierflugzeuge in den Bundestag stürzen lassen – ich lachte innerlich über die groteske Vorstellung. Ich schaltete den Fernseher wieder aus. Meine Gedanken begannen sich um meine Zukunft zu drehen. Sehr lange würde ich es hier nicht mehr machen. Es war eh nicht mein Herzenswunsch gewesen, Portier in einem abgehalfterten Hotel zu werden, aber es war auch nicht schlechter als alles andere was nach Arbeit roch. Und immer noch besser, als sich einen Bandscheibenvorfall samt Brandblasen am Hochofen bei Thyssen zu holen oder unter Tage zum Schwarzen zu mutieren. Das Hotel ging langsam den Bach runter. Obwohl, es gab neue Zielgruppen zu erschließen. Letzte Woche war eine gute Woche gewesen. Eine SOKO des Innenministeriums hatte um die 10 Zimmer belegt – RAF Rasterfandung im Ruhrgebiet wegen der Banküberfälle war angesagt und wir für die Truppenbetreuung sowie die Kisten mit gekühltem DAB am Abend zuständig. Die Terrorfraktion schien ganz schön aktiv zu sein hier in der Gegend – aber bei den vielen Hochschulen im Ruhrpott gab es wohl Mitläufer genug. Nun denn, die Staatsmacht zeigte Flagge. In der Woche schlossen sie das Eschhaus, ein soziokulturelles Zentrum in Duisburg. Zudem waren einige obskure Wohngemeinschaften im Ruhrgebiet, Berlin, Frankfurt und Hamburg hochgegangen – Sympathisantentum mit einer terroristischen Vereinigung die Standardbegründung. Konspirative Wohnungen zum Unterschlüpfen mussten Seltenheitswert für die Terroristen gewonnen haben.

Die SOKO-Jungs gingen gezielt gegen die RAF Unterstützerszene im studentischen Umfeld vor. Man fand in vielen Unis RAF Propagandamaterial, den fünfzackigen Stern mit Maschinengewehr mit den mittig gesetzten Buchstaben »RAF« gab es auch als Graffitischmiererei inklusive passender Parolen in der Umgebung schon mal häufiger zu sehen. Na ja, das Ruhrgebiet war schon immer eher links. Die RAF schien zudem für die kleinen Leute einzutreten und hatten es ja eher auf die da »oben« und das System abgesehen. Und nebenbei ein paar Altnazis in ihrem schön eingerichteten BRD-Leben zu enttarnen, war ja so schlecht auch nicht. Persönlich hatte ich da keine Präferenzen, Fundamentalisten aus Leidenschaft waren mir schon immer suspekt gewesen, die verlieren schnell mal den Überblick.

Gegen zwölf hörte ich etwas. Ich war kurz eingenickt, Geschrei riss mich ins Jetzt. Missmutig lauschte ich in das Halbdunkel des Hotels. Da war es wieder, ein Gewinsel wie bei einem angeschlagenen Raubtier. Und erneut ein Schrei: laut, deutlich und langgezogen. Es erinnerte mich an Hollywood, Abendgruseln nach Art von Halloween. Einen wartete ich noch ab, dann stakste ich mit großen Schritten die Treppe hinauf zu Nummer 7. Ich klopfte an. Keine Antwort. Das Schild »Bitte nicht stören« war nach draußen gehängt. Eine gequälte Stimme war zu hören: »Komm schon rein.« Ein kurzes Zögern noch, ich drückte die Klinge herunter, trat ein. Sie lehnte am Pfosten des Bettes, sich mit beiden Händen darauf abstützend, den Kopf nach unten gebeugt, ihr blondes Haar hing wie ein Vorhang herab. Ihre Körperhaltung erinnerte mich an eine 80-Jährige, kraftlos, sich stoisch in ihr Schicksal ergebend. Sie trug ein hellgrünes T-Shirt mit dem Emblem der WM 1978 in Übergröße. Das war bei dieser Körperfülle auch vonnöten. Dann stachen mir ihre nackten Beine ins Auge. Sie passten nicht zu ihrem Bauchumfang, graziös und wohlgeformt wie sie waren. Hormone begannen durch meine Blutbahnen zu strömen. Ich war alleine im Hotel mit einer Frau die nach mir rief... Ich begann zu halluzinieren, den unergründlichen Naturgesetzen der Geschlechtsreifen folgend. Ihr schlankes Ebenbild blickte mir fordernd in die Augen, lustvoll summend reckte sie wie zufällig die Arme über den Kopf, ihre aufgerichteten Brustwarzen deuteten in meine Richtung. Ihre wirkliche Gestalt verblasste vollkommen, vor meinem inneren Auge begann sich eine Grazie aus dem WM-Shirt zu winden. Ihr lautes Wimmern brachte mich in die Realität zurück. Schlagartig verwarf ich meine Phantasien und dachte über eine der Situation angemessene Ansprache nach, als sie mich direkt und verzweifelt anschaute. Sie war wie ein waidwundes Tier in einer Falle, nassverschwitzt und mit wehleidigem Gesichtsausdruck: »Ich brauche Hilfe!«

»Ja, mmh... Aspirin, ich habe unten am Tresen eine ganze Packung Aspirin, oder..., ein Notarzt...?« Sie schien verzweifelt: »Wie verblödet kann ein einzelner Mensch eigentlich sein?«

Urplötzlich begann sie ihre Hände in den Bauch zu stemmen. Meine Diagnose war jetzt klar: Bei dem Gewicht und ihrer depressiven Grundhaltung musste sie unter schweren Magengeschwüren leiden. Ich stellte mir ihre vor sich hin schimmelnden, von Fett triefenden Eingeweide vor und schauderte. Irgendwo unten in der Küche musste noch Gastrosil stehen, das sollte doch wohl reichen, so dass ich wieder meiner wohlverdienten Nachtruhe nachgehen konnte. Wahrscheinlich hatte sie sogar etwas gegen die Geschwüre in einer ihrer Taschen. Ihre Magenprobleme schienen heftiger geworden zu sein. Sie war mittlerweile ins Schattenreich der Schmerzen abgeglitten, mit regelmäßig auftretenden schweren Magenkrämpfen. So alle sechs Minuten zuckte sie unter den aufbrausenden Attacken zusammen, stöhnte und jammerte herzerweichend. Das war nichts Neues, das musste etwas Chronisches sein. Ich sollte einen Arzt holen. Vorsichtshalber wollte ich vorher in den Taschen nachsehen, chronisch Kranke gingen nie ohne umfangreiche Stoffsammlung auf Reisen.

Die größte war mit Kleidern, Calciumtabletten, einer ungeöffneten Zigarettenschachtel F6 – wohl ein DDR-Fabrikat – und Städtekarten vollgestopft. Nichts gehaltvolles gegen eitrige Angriffe von innen. Ich machte mich an der zweiten Tasche zu schaffen. Ihre Schnappverschlüsse klemmten. Mit aller Kraft riss ich an den Scharnieren. Ruckartig ging sie auf, Kleider quollen heraus. Ich durchwühlte sie. Statt Medikamente fand ich eine durchsichtige Plastiktüte mit Scheinen, Deutsche Märker in allen Sortierungen, in Bündeln verpackt. Ohne Experte zu sein überschlug ich, dass es sich um rund 40.000 DM handelte. Keine arme Braut. Ein Gedanke durchzuckte mich, das Geld fühlte sich gut an. Ich schloss die Augen, atmete kurz durch und legte den Beutel zurück. Der Samariter in mir bekam die Oberhand, ich suchte weiter nach ihren pharmazeutischen Produkten. Und wieder stieß ich auf Unerwartetes:

eine Klarsichthülle mit einer Vielzahl von Pässen. Fünf graue Personalausweise, vier grüne Reisepässe und noch einmal drei graue Führerscheine. Hatte sie mir nicht vorhin ihren Personalausweis gegeben? Ich Trottel hatte nicht mal reingesehen. Zu vertrauensselig. Wahnvorstellungen begannen sich meiner zu bemächtigen. Wie viele Details waren mir an ihr entgangen? Wo ich mir doch soviel auf meine in langen Taxinächten erworbene Menschenkenntnis einbildete. Ich fragte mich, ob die Ausweise gefälscht waren. Ich begann mich leicht unbehaglich zu fühlen. Mit falschen Dokumenten waren nur professionelle Verbrecher unterwegs. Ich verwarf den Gedanken, mein Misstrauen den Gästen gegenüber begann paranoide Züge anzunehmen. Frohen Mutes griff ich mir einen der Pässe und sah mir das Foto an. Sofort erkannte ich sie, obwohl, sie war darauf braunhaarig statt wie jetzt blond. Als Name hatte die Schreibmaschine Sabine Riken ins Papier gehämmert. Geburtstag: 16. Juni 1954. Geburtsort: Bremen. Größe: 173. Farbe der Augen: Braun. Unveränderliche Kennzeichen: Keine. Der Pass war brandneu, erst im letzten Monat ausgestellt. Mir wurde leicht schwindelig, die kleine Schlampe verarschte mich. Ein weiterer Pass viel zu Boden: Elena Schulz stand dort neben ihrem Konterfei zu lesen. Ich sah nach dem restlichen Ausweis-Sortiment: kurze, mittellange, lange Haare, Strähnchen, Korkenzieher-Locken (standen ihr so gar nicht), Wuschelkopf oder glatte Mähne, rote, blonde und brünette Tönungen, veränderte Augenfarben, mal mit Leberfleck mal ohne – sie war ein begnadetes Chamäleon. Ich war baff. Wie kam man an so viele Pässe? Wer war die Frau? Hatten die wahren Besitzerinnen die Pässe einfach so rausgerückt oder hatte sie sie liquidiert um an ihre Identität, ihr Geld zu kommen? Angst und Neugierde ergriffen mich.

Wie in Trance griff ich ihr letztes Gepäckstück. Ich rüttelte daran. Gegenstände rappelten darin. Es sah harmlos aus, aber eine Gänsehaut zog sich quer über meinen Körper, meine Hände waren feucht. Ich konnte mir nicht mal mehr ausmalen, was ich hier drin entdecken würde. Trophäen einer Serienmörderin? Es konnte alles in der Tasche sein. Alles, hallte es alptraumhaft in meinem Kopf nach. Mein Magen begann sich zu regen. Mit letztem Mut riss ich den Reißverschluss der Tasche auf. Es war nichts Schlimmes in der Tasche zu sehen. Zumindest keine Mordopfer-Knochen-Amulette einer Geistesgestörten. Hier war eine kleine

Reiseschreibmaschine untergebracht und Geld. Nicht gerade ein bisschen, nein, mehr als ich je auf einen Haufen gesehen hatte, die Tasche schien gefüllt mit zwei Tüten unordentlich hineingestopfter Bündel Geldes. Große Scheine waren zu sehen. Mein Schließmuskel stand kurz vorm Kollabieren. Daneben war noch einiges an Gedrucktem in der Tasche. Da war doch dieser fünfzackige Stern... Aber halt, ich bekam eine Knarre zu fassen. Die Beine entglitten mir als die Gewissheit über mich kam, ich kannte jetzt ihr Geheimnis, ging zu Boden, das musste eine echte Kalaschnikow sein. Mir wurde erst schlecht, dann schwarz vor Augen. Ich ertastete die Tasche, schloss sie und schob sie mit einem Fuß zur Seite. Ich hatte genug gesehen, sämtliche Synapsen waren derart erregt, dass ich keine weitere Neuigkeit verkraften konnte. Das hier war kein Spiel. Sie schrie, mehr wütend als von Magengeschwüren gepeinigt. Ich schreckte zusammen. Hatte sie mir zugesehen? Ich drehte mich ruckartig zu ihr um, sicher dass meine letzte Stunde gekommen war. Sie sah mich mit leicht weggetretenem Blick an. Sie wand sich, hatte sich mit angewinkelten Beinen auf das Bett gelegt. Das T-Shirt war hochgerutscht. Blitzartig überkam es mich: sie bekam ein Baby. Ich verfiel in blanke Panik. Ich stürmte zum Waschbecken und hielt meinen Kopf in den fließenden Strahl eiskalten Wassers. Wie durch einen Vorhang hörte ich ihre Stimme:

»Mann, mache endlich was! Hol eine verdammte Hebamme.«

Ich hob meinen Kopf hoch und schüttelte mich wie ein nasser Köter.

Instinktiv wollte ich die 112 anrufen. Doch etwas hielt mich davon ab, es war einer dieser Zwick-Mich-Mal Momente und ich dachte an die Taschen voller Geld. Da fiel mir Steffi ein. Sie war doch mal Hebamme gewesen, bevor sie sich als Krankenschwester verdingte. Ich hatte mal was mit ihr. Sie war mir noch einen Gefallen schuldig. Ich wählte ihre Nummer auf dem Zimmertelefon. Es dauerte bis sie dranging.

»Na endlich, wird auch langsam Zeit. Hör mal...«

Sie schnitt mir ins Wort: »Paul, du Penner. Bist du vollkommen verpeilt, hier mitten in der Nacht anzurufen? Ich habe morgen Frühdienst, das heißt fünf Uhr raus und ran ´anne Schüppe!«

»Steffi, Liebes, jetzt werde nicht hysterisch...«

»Du alter Wichser, von dir muss ich mich nicht verarschen lassen.«

»Ich habe hier eine Frau, die vor Schmerzen stöhnt und die kurz davor ist, ein Baby in diese gottlose Welt zu entlassen. Ich habe Schweißausbrüche,

Zitteranfälle, kann meinen Mageninhalt kaum noch halten und bin am Ende. Hörst du mir jetzt bitte zu?«

»Was? Bist du im Hotel? Ist das ein Gast?«

»Ja, klar bin ich im Hotel. Kommst du vorbei? Ich würde dich nicht fragen aber es ist dringend und ich weiß nicht weiter.«

»Entspanne dich und bleib locker. Für so etwas gibt es Profis beim Notdienst. Ruf einfach an, ist die 112.«

Ich dachte kurz nach, mir war nach heulen zumute und folgte dann einer plötzlichen Eingebung: »Hör zu, ist schwierig zu erklären, aber ich kann die nicht anrufen, die Frau gehört sonner komischen Sekte, diesen Wachturm-Eckensteher-Freaks, Zeugen Jehovas oder so was an und die hat einen Horror vor Ärzten, Krankenhäusern und dem ganzen Kram. Die ist voll esoterisch drauf. Du musst kommen, ich kann kein Blut sehen.«

»Seit wann kümmerst du Arsch dich um die Befindlichkeiten anderer Leute? Ist doch sonst nicht deine Art andere Leute mit ihren Meinungen und Gefühlen ernst zu nehmen, geschweige denn zu checken, was wem warum wichtig ist. Aber nein, es geht ja hier doch wieder nur um dich, keinen Bock blutige Laken zu waschen, hä?«

»Steffi, wärm jetzt hier keinen alten Beziehungsscheiß auf.«

Ich blickte hinüber zum Bett. Trotz ihrer Schmerzen sah sie mich mit ungläubigen Blicken an. Ich gab ihr recht, das hier ging entschieden zu weit. Ich musste tun, was getan werden musste, das Pferd sein, das den Karren aus dem Dreck zieht.

»Du wirst mir doch wohl helfen können. Du bist doch jeden Tag dabei, Stahlarbeiter mit drei Fingern zusammenzuflicken, da wird es doch wohl kein Problem sein, mal eben eine Frau zu entbinden. Und die hat Kohle.«

Ich blickte direkt in ihre schmerzgeweiteten, handtellergroßen Pupillen.

»Wenn du es machst kriegst du 1500 Deutsche Mark. Ihre Angst vor dem Unbill der Hölle macht sie spendabel.«

Wie auf Kommando kam jetzt ein Schrei aus Richtung Bett.

»Echt? Keine Verarschung?«

»Wenn ich es dir sage.«

Aus dem Bett kam es unter großer Anstrengung herübergeschallt: »2000, die soll sie kriegen, sofort. Sie soll nur kommen und zwar schnell!«

»2000? Sofort, mmh, wie ist denn der Stand der Dinge? Wie oft hat sie Wehen?«

»Wehen? Meinst du diese Krämpfe?« Der Zeitabstand zwischen den Krämpfen war definitiv kürzer geworden.

»Ist so alle 3 Minuten würde ich schätzen.«

»Oh, verstehe. Das dauert nicht mehr lange, aber du machst das schon. Ich komme. Ich bringe alles mit. Halte die Stellung.«

»Und was soll ich tun, wenn es kommt?«

»Einfach zu halten, feste drücken und nicht rauslassen. Man...«

Sie legte auf. Diese Frau war nervtötend. Mir war nach einer Zigarette.

Eine halbe Stunde später stand Steffi tatsächlich im Hotel. In der Zwischenzeit hatte ich mich nützlich gemacht: Kissen, Handtücher, Waschlappen, eine Plastikunterlage für das Bett, eine Wolldecke, den Messerblock aus der Küche und eine große Schüssel mit warmem Wasser hatte ich besorgt. Die ganze Zeit über versuchte sich ein ausgeprägter Überlebensinstinkt in mein Bewusstsein zu schleichen. Bilder flimmerten über meine Netzhaut: Geldscheine, die nur aufgesammelt werden wollten, eine SOKO-Einheit, die das Hotel in eine Ruine verwandelte, ich selbst, durchsiebt von Kugeln, zerfetzt in einer Ecke liegend. Dazu gesellte sich mein Fluchtinstinkt. Ich versuchte beides unter Kontrolle zu bringen, letztlich dachte ich dann nur noch ans Geld. Ein Rest von Verantwortungsgefühl musste in mir noch vorhanden sein, ich blieb.

Steffi übernahm resolut das Regiment, ich wurde zum Handlanger degradiert. Immerhin, ich wurde abgelenkt. Ich packte Steffis Arzttasche aus und sortierte ihr Besteck. Dabei versuchte ich instinktiv den Messerblock aus Ihrem Sichtfeld zu entfernen – sie sah ihn dennoch und zeigte mir ungläubig einen Vogel. Sie sprach besänftigend und mit ruhiger Stimme auf meine Terroristin ein, während sie ihr zwei Kissen unter Kopf und Rücken schob:

»Alles in bester Ordnung, das Baby ist schon weit im Geburtskanal, dauert nicht mehr lange, nur noch zwei, drei Zentimeter und es ist geschafft.«

Jetzt begann die Zeit des Stöhnens, Pressens und Oberkörperabstützens. Schubweise drängte das Baby heraus in die Welt seinem ersten Schock entgegen. Steffi schrie andauernd:»Gut so, gut so, fester, fester, pressen, ausdauernder, gut so und jetzt wieder entspannen.«

Ich machte mit. Ich feuerte sie an, wie ich es bei Rot Weiß Oberhausen in besten Bundesligatagen gelernt hatte. Sie gab alles, ihr Gesicht, mittlerweile von einem Rot wie bei einem Hummer nach dem Bad im siedenden Topf, die Adern standen weit vor. Der Hormon-Cocktail aus Adrenalin und was weiß ich, ließ sie fast in Ohnmacht fallen, aber Steffi ermahnte sie permanent nicht »weck-zu-knacken« und verteilte mutig Ohrfeigen. Irgendwann kam das Kind in voller Größe. Es war ein Junge. Blut rauschte in meinen Ohren, mir war schwindelig, zittrig ging ich eine rauchen.

Später hörte ich, wie Steffi und die Mutter um Gefühlsausbrüche der Entzückung wetteiferten.

»Ach, ist der niedlich, einfach süß.«

»Ja, richtig goldig und bezaubernd, du kannst stolz auf ihn sein.«

Ich fand ihn weder süß noch niedlich noch sonst irgendwie entzückend. Das Gegenteil schien mir eher der Fall zu sein. Er hatte ungesunde rotbläuliche, mit einer Blutschmiere bedeckte, schrumpelige Haut, stellenweise mit Ausschlägen versehen. Der Kopf war im Verhältnis zum Restkörper unverhältnismäßig groß, irgendwie unförmig und reichlich deformiert. Die Augen waren dick verquollen, weißlicher Ausfluss trat daraus hervor. Unter dem rechten Auge, war ein markstückgroßer Blutschwamm zu sehen. Seine Atemzüge gingen rasselnd und unregelmäßig. Arme und Beine stießen völlig unkontrolliert gegeneinander, ab und zu stieß er sich seine Faust ins Auge. Ich gewann den Eindruck, er wollte damit sein Schielen bekämpfen. Das mit dem synchronen Einsetzen der Augen hatte er nicht im Griff. Zudem schrie er markerschütternd, verschluckte Luft und holte sich davon einen Schluckauf, der seinen kleinen Körper wie ein Erdbeben erzittern ließ. Ich verstand die beiden nicht, ich war eher beunruhigt. Deuteten diese grobmotorischen, zuckenden Bewegungen nicht eindeutig auf einen Hirnschaden hin? Und die Ausschläge konnten doch nur von einer Allergie herrühren! Das war jedenfalls nichts, mit dem ich in meiner Kneipe angeben konnte. Da musste schon noch mehr bei rumkommen!

Nach einiger Zeit erholte ich mich, mein Hirn setzte ein und mit ihm mein pragmatisches Denken. Steffi versorgte die Terroristin und ihr Baby, die drei waren beschäftigt. Ich stahl mich davon, nicht ohne mir die Tasche mit dem Zaster zu schnappen. Ich ging nach unten in die Küche.

Ich holte die beiden Tüten mit der Kohle aus der Tasche und legte sie vor mich auf den Boden. Ich nahm mir einen Stuhl, setze mich und verfiel ins Grübeln. Eine beeindruckende nächtliche Karriere konnte ich vorweisen: vom matten Portier emporgestiegen zum edlen Wundertäter und dann abgerutscht aufs unterste Niveau, zum Mitwisser, ja Unterstützer der RAF und jetzt zum Dieb. Was hielt mich davon ab, sie rechtmäßig zur Strecke zu bringen und ihr Kopfgeld zu kassieren? Ich musste die Polizei anrufen. Unbewusst begann ich nach den Tüten zu greifen. Ich betastete das Geld, dicke, von Banderolen zusammengehaltene Bündel von 500 und 1000 DM-Noten. Ich zeriss eine der Banderolen und nahm mir zwei Tausender. Das Geld musste aus den Raubzügen der Rote Armee Fraktion stammen. Ich drehte und wendete es. Nein, es sah ganz normal aus. Ich steckte es in meine Hemdtasche. Ich horchte in mich hinein. Ich verspürte keine Schuldgefühle. Die Kohle stammte nicht aus dem Tante-Emma-Laden um die Ecke. Dieses Geld kam aus den Großbanken und keinem tat wirklich weh, dass es weg war. Die Banken waren versichert, also hatte das geraubte Geld lediglich ein kaum merkliches Loch in den Gewinnbilanzen des Allfinanzsektors hinterlassen.

Für die Psychoschäden der Bankangestellten konnte ich nichts, das waren Kollateralschäden, nicht von mir zu beheben, ich besaß das Geld nur zufällig, ich hatte es niemandem gestohlen. Ich begann das Geld in den Tüten zu zählen. Je mehr ich zählte, desto mehr fühlte ich mich als sein rechtmäßiger Besitzer. Es mussten so an die 200.000 DM sein. Welchem Zweck sie wohl zugedacht waren? Ich fing an, das ganze als so eine Art Lottogewinn zu betrachten. Doch dann erblickte ich plötzlich den aus der Ledertasche herausragenden Lauf der Kalaschnikow. Angst übermannte mich. Die Geisteshaltung der Terroristen konnte man als Autismus beschreiben, unfähig die Dinge aus der Distanz zu betrachten, die würden mich durch den Fleischwolf drehen, wenn ich mich an ihrem Geld vergriff. Auch wenn ich ihr in schwieriger Situation geholfen hatte, mir das Geld also irgendwie verdiente, die fundamentalistische, revolutionäre Ideologie der RAF kidnappte und zersetzte den Geist meines Gastes. Die würde mich im Angesicht des Neugeborenen dessen Pate ich ja quasi war, niederstrecken. Andererseits wahrten diese Leute auch Werte. Solange ich keine gegenteiligen Beweise sah, glaubte ich, dass diese Terroristen wirklich angetrieben wurden von ihrer Vision einer besseren, gerechteren Gesellschaft, beseelt von einer Art Sendung. Da waren nicht Zyniker am Werk. Die meinten was sie sagten. Die Mission war, den Idealen ihrer Revolution Macht und Geltung zu verschaffen, ein sozialistisches Imperium zu erschaffen. Für sie war Mord dafür ein legitimes Mittel zum Zweck, sie sahen sich im Krieg. Und dabei hatte ich Ihnen beigestanden. Wirklich? Ich sah mich eher in der Rolle des leidenschaftslosen Beobachters, ich konnte eh nichts ändern auf der Welt, ich war wie ein einzelnes Sandkorn am Strand. Trotzdem konnte ich meine Chance aufs große Geld erkennen, ich hatte ihr Kind mit zur Welt gebracht ohne sie zu verpfeifen, ihre Mission unterstützend, sie war mir zu Dank verpflichtet. Eine Hand wäscht die andere, auch meine Träume brauchten Sicherheit. Dazu brauchte ich Geld. Viel Geld. Ich konnte ihr meine moralischen Gewissensbisse in Rechnung stellen. Sozusagen als Schadensersatz. Ich hatte zudem bewiesen, keine Kopfgeldjägerallüren zu haben. Und auch für meine Dienste als Geburtshelfer konnte ich erhobenen Hauptes etwas verlangen. Mir schien, da lag ein stillschweigendes Abkommen mit ihr und dem Schicksal vor. Das hier war Vorsehung. Ich schob die Tüten vorsichtig in den Tresen und verschloss die Türen. Die Tasche nahm ich an mich.

Ich ging wieder hoch ins Zimmer 7. Ich machte die Türe vorsichtig auf und spähte hinein. Das Baby lag schlafend auf dem Bett, dick verpackt in Strampelanzug und Hotelhandtuch. Ich hörte, wie die Dusche im Bad lief, Steffi und Sabine – oder wie immer sie wirklich hieß – waren im Bad zugange. Ich ging in das Zimmer und stellte die Tasche zu den beiden anderen. In diesem Moment ging die Türe vom Bad auf. Steffi stützte sie, beide blickten mich an.
»Na, wieder erholt?«, sie sagten es gleichzeitig und lachten.
Unsicher entgegnete ich: »Würde sagen ja. Ich bin müde, wie schon lange nicht mehr.« Ich blickte meinen Gast an:
»Sie müssen sich hinlegen und schlafen, sie müssen ja fast tot sein.«
Ich sah sie direkt an, sie schien belustigt, legte sich aber ins Bett, neben ihr Baby. Ich griff in die Hemdtasche und gab Steffi die 2000 DM. Sie machte einen Knicks, gab mir einen Kuss. Steffi war glücklich, brabbelte so was wie immer wieder gerne, packte ihre Sachen zusammen, sah noch mal nach Mutter und Kind, die mittlerweile beide schliefen. Wir löschten

das Licht, gingen hinaus. Sie kniff mir in den Arsch, grinste noch ein letztes Mal und ich war alleine. Ich ging runter zum Tresen, setzte mich, rieb mir den Hals. Ich lugte noch mal in die Tüten, zählte erneut, meine Fingerkuppen wurden schwarz. Es war reichlich Knete, die meine Finger durchlief. Eine Stange Geld. Bleierne Müdigkeit übermannte mich, diese Nacht war aberwitzig.

Ich schlief ein, ich träumte von der Südsee, von Frauen, die mich, nur bekleidet mit Blümchenketten und Stringtanga in einem 5 Sterne Hotel, massierten. Plötzlich wurde ich wach. Ich hörte Polizeisirenen, sie kamen näher. Hatte Steffi etwas gemerkt? Hatte sie gesungen? Eine Panikattacke machte sich breit. Ich war Mittäter, ein RAF Unterstützer, weil ich die Bullen nicht geholt hatte. Ich sah auf die Uhr, es war 5 Uhr morgens und die Geldtasche stand unter dem Tresen. Mein Herz pochte. Wahrscheinlich kam meine Terroristin jetzt runtergeschneit, die Knarre im Anschlag und hier war in Null Komma Nichts eine Riesenschweinerei im Gange, ich in einer Blutlache liegend zwischen den Fronten. Ich verlor die Nerven, meine Gedanken überschlugen sich, es schien mir das Klügste, die Tüten zu greifen und ins Bad zu rennen. Wie schnell konnte man soviel Geld im Klo hinunterspülen? Die Polizeisirenen wurden jetzt leiser. Die waren vorbeigefahren! Mein Atem wurde ruhiger. Erst jetzt sah ich den Zettel auf dem Tresen liegen. Vor meinem Nickerchen lag dort nichts.
Sie hatte mit krickeliger, fahriger Schrift geschrieben:

»Deal ist deal, ich habe verstanden. Horrendes Geschäft, sozusagen für den Reinigungsaufwand der Nacht! Du hast heute Nacht viel Blut gesehen, lass es uns dabei bewenden. Ansonsten, weißt du Bescheid...

Vielen Dank für alles!«

Die schlechte Illustration einer Kalaschnikow war darunter gekrakelt. Das Blatt wurde von einer aufrecht darauf stehenden Kugel auf dem Tresen gehalten. Es war nicht unterschrieben. Waren die Rasterfahndungen der letzten Zeit doch nicht so aus der Luft gegriffen. Ich rannte nach oben. Das Zimmer sah wüst aus, überall Blut, es war aber leer. Zähes Luder dachte ich beim Heruntergehen, nach den Anstrengungen jetzt mit Baby schon wieder auf der Flucht. Ich öffnete die Schublade vom Tresen und nahm ihren Ausweis heraus. Ihr Foto war darin zu sehen, Name: Inge Meier. Ein Allerweltsname. Ich verglich das Foto mit denen auf dem Fahndungsplakat, das ich mir jetzt zum ersten Mal bewusst ansah. Nein, zur ersten Liga gehörte sie nicht, sie war nicht abgebildet. Ich zeriss den Ausweis, warf ihn in den großen Aschenbecher. Mein Zippo klackte, er schlug Flammen. Dann nahm ich ihren Brief, ließ ihn noch einmal auf mich wirken, entzündete ihn nach fast religiösem Zeremoniell, verkokelte mir dabei die Härchen an den Fingern. Die Reste ließ ich in die schon vorhandene Asche sinken. Ich steckte mir eine Zigarette an. Sie war weg und ich war lebendig, ohne Kugel im Leib und reich, unermesslich reich! Mich ergriff eine euphorische Stimmung. Ich drückte die Kippe aus, rannte zur Eingangstüre, sah in die dunkle Nacht hinaus. Außer, dass mir der Regen ins Gesicht schlug, war da nichts. Keine Bullen oder Terroristen. Ich entspannte mich, schlurfte eine Wasserspur hinterlassend in die Küche zum Kühlschrank. Ich fischte mir eine Flasche Köpi raus, trank sie in großen Zügen während ich durch die Küchentüre auf den Tresen schielte, in dem ich die Geldtüten versteckte. Ich wurde misstrauisch. Hatte Sie am Ende vielleicht doch...

Ich nahm mir noch ein Gehbier, bevor ich den Tresen öffnete. Gott sei Dank, ich blinzelte die Tüten an und ergötzte mich am Anblick des Geldes. Es war noch da. Ich hatte die Henne mit den goldenen Eiern ausgenommen. Jetzt war ich der Glücks-Puck. Ich nahm tiefe Schlücke, brach in hysterisches Gelächter aus, feierte mich. Ein weiterer Kronkorken flog durch die Luft. Ich machte mir eine Party. Ich nahm noch ein Pils. Und noch eins.

Epilog – Herbst 2004

Ein vereitelter Terroranschlag. Ich hatte, gemütlich im Cafe sitzend, davon gehört. Ich konnte es noch rechtzeitig zu den diversen Sondersendungen schaffen. Zu Hause angekommen stürzte ich auf die Fernbedienung, drückte sie ungeduldig:

»... Abend meine Damen und Herren zum Brennpunkt. Deutschland ist endgültig ins Visier islamistischer Terroristen geraten. Wir müssen uns auf Bedrohungen einstellen, die es in diesem Ausmaß noch nicht gegeben hat. Nur dem Instinkt eines jungen Mannes ist es zu verdanken, dass heute ein Angriff mit einer Boden-Luft Rakete auf eine landende Boing 747 in der Einflugschneise des Düsseldorfer Flughafens vereitelt wurde. Hinter der Tat steckt nach ersten übereinstimmenden Berichten von Polizei und Geheimdienst, al Qaida, die Terrorholding von Osama Bin Laden, welche nun auch in Deutschland endgültig zum Synonym für blankes Entsetzen und allgegenwärtige Gefahr geworden ist.«
Das Bild des Moderators verschwand, stattdessen war die B8, die direkt hinter dem Düsseldorfer Flughafen verläuft, zu sehen.

Ich setzte mich auf das Sofa, gebannt auf die Glotze starrend. Für mich war längst klar. In das Vakuum der kommunistischen Weltrevolution war spätestens seit dem Horror des 11. Septembers der Terror getreten. Im Vergleich zu den Kriegern des Dschihad war die RAF ein brühwarmer Haufen von Chorknaben gewesen. Jetzt waren religiöse Amokläufer am Werk, im Kampf gegen die kapitalistische Verheißung unbeschwerten Glücks, gegen die Religion des Luxus, agierend im moralischen Niemandsland.

Die Stimme aus dem Fernseher rekonstruierte gerade den Tathergang. Ein Pick Up hatte sich am Straßenrand der B8 mit Ausrichtung zur Landebahn platziert und eine Reifenpanne vorgetäuscht. Als sich ein Jumbojet im Anflug befand, sah ein zufällig vorbeifahrender Mann, wie plötzlich auf der offenen Ladefläche des Pick Up von drei Männern eine Plane ruckartig heruntergerissen wurde und einen Raketenwerfer freigab. Er verständigte sofort per Handy im Vorbeifahren die Polizei. Überzeugt, dass Terroristen den Flieger vom Himmel holen wollten, drehte er dann sein Auto, gab Vollgas und hielt auf den Pick Up zu. Er erwischte ihn seitlich rechts, der Pick Up kam ins Kippen, der junge Mann konnte davonrasen, schlitterte holpernd über einen Grashügel. Circa 900 Meter später wurde er von einem Bäumchen, auf das er frontal donnerte, gestoppt.

»Die Dschihadisten wollten Deutschland entflammen, doch dieser kaum 20 jährige Mann hat die Glut zertreten,« erläuterte im Interview einer der Polizisten, die Sekunden später am Tatort eingetroffen waren, pathetisch. Es war zu keiner Schießerei gekommen, fünf Araber waren festgenommen worden. Ein Fernsehteam, welches als erstes am Tatort eintraf, konnte noch einen der Terroristen filmen, wie er das Victory-Zeichen missbrauchend in eine grüne Minna verfrachtet wurde und schrie: »Ihr liebt das Leben, wir lieben den Tod.«

Eine Person im Hintergrund des Beitrags erregte meine Aufmerksamkeit. Es musste sich um den Helden persönlich handeln, damit beschäftigt, Kamerateams abzuschütteln. Irgendwie kam er mir bekannt vor, diese Gesichtszüge... Der Kameramann ging näher heran, nur widerwillig kam der Retter der Aufforderung eines Reporters zum Interview nach. Er war mir sympathisch, keiner dieser nach Annerkennung gierenden Wichtigtuer, er zeigte keine mediale Verkommenheit. Jetzt hatte die Kamera sein Gesicht in Großaufnahme eingefangen, als er fast stotternd von seinen Erlebnissen erzählte. Es traf mich unvorbereitet...

Jahrzehnte waren vergangen, ein Jahrtausend zu Ende gegangen. Meine Arterien hatten Kalk angesetzt. Erinnerungen begannen zu verblassen, als wenn sie von feinem Staub bedeckt worden wären. Einige wenige hatten sich mir in die Gehirnrinde eingebrannt, wie auf einer biologischen Festplatte. Diese Erinnerungsdateien waren immer noch klar wie am ersten Tag, zum Teil befallen von einem nagenden Virus Namens »Gewissensbisse«. Altlasten der Vergangenheit.

Er war seiner Mutter wie aus dem Gesicht geschnitten, sogar der Blutschwamm war proportional gewachsen. Wie ein Film lief plötzlich seine Geburt vor meinem inneren Auge ab. Ich zitterte. Er hatte die Werte der Oberflächlichkeit gegen den Todernst der Fanatiker verteidigt.

In aller Klarheit erkannte ich die Absurdität, die das Leben und die Welt in eine groteske Karikatur verwandelt – Schicksal genannt. Wer Großes denkt, der irrt auch groß. Das Wesentliche des Handelns ergibt sich nicht aus der Bewertung des Augenblicks, wichtig ist nur, wozu es letztendlich führt. Unentrinnbarkeit war ihr Sohn der Vorsehung gefolgt, hatte Buße getan für die Sünden seiner Mutter. Und nun würde wohl auch ich endlich Ruhe finden…

Auf in ein neues Leben

von Britta und Kerstin Bohnerth

Es war etwas heruntergekommen dieses Hotel, nichts Besonderes, aber das hatte der Mann an der Tankstelle uns ja schon gesagt. »Aber es ist sauber und sie können dort ein Frühstück bekommen.« Genau das richtige für uns, nicht wahr, Schatz? Es sollte ohnehin nur für eine Nacht sein und jetzt, da mit uns wieder alles in Ordnung war, war es doch egal, wo wir schliefen. Du hattest keine Vorstellung, wie glücklich es mich machte, mit dir hier zu sein!

Der alte Mann an der Rezeption angelte einen Schlüssel von den Haken an der Wand hinter ihm. »Sie haben die Nr.13. In der ersten Etage. Wie lange möchten sie bleiben?«
»Wohl nur diese Nacht.«
»Hm. Frühstück gibt's von halb acht bis halb zehn.«
Er stapfte etwas kurzatmig die Treppe hinauf und den Gang entlang.
»Bad und WC sind am Ende des Flurs,« er schloss die Zimmertür auf.
»So, bitte schön. Ich wünsche ihnen einen angenehmen Aufenthalt.«
Lächelnd ließ er den Schlüssel in meine geöffnete Hand fallen und deutete einen kleinen Diener an. Ich nickte lächelnd zurück.

Die Tür fiel hinter uns ins Schloß. Ja, es war wirklich etwas bescheiden und wie gerne wollte ich dir mehr bieten, aber die Hauptsache war doch, dass wir hier zusammen waren! Du warst immer noch sehr still und ich konnte merken, dass dir unser Streit von letzter Nacht wieder durch den Kopf ging, aber wie oft hatte ich mich jetzt entschuldigt, im Moment mochte ich nicht mehr darüber reden! Ich öffnete das Fenster, es hatte angefangen zu regnen und ich sog den Duft von nassem Asphalt ein. Du hast diesen Geruch immer geliebt. Wenn es im Sommer regnete und die Luft schwer wurde, hast du immer gelacht und gesagt, dass dich fast nichts glücklicher macht, als der Duft von Sommerregen. Seitdem macht er mich auch glücklich. Lächelnd stand ich mit geschlossenen Augen am Fenster und drehte mich fast nur widerwillig um. Ich wollte duschen gehen, während du ausruhst. Die Fahrt war für dich sicher anstrengend gewesen und morgen würde es genauso weitergehen. Und später wollten wir essen gehen. Beim Italiener, das mochtest Du doch immer am liebsten, stimmts? Im Badezimmer übersah ich die Tatsache, dass ich aller Wahrscheinlichkeit nach der Zehnte war, der die Dusche seit der letzten Reinigung benutzte. Ein heißer Strahl quoll aus dem verkalkten Duschkopf und ergoss sich auf meine Kopfhaut. Es erwies sich als schwierig, die richtige Temperatur einzustellen, aber ich war wenigstens sauber, als ich den Vorhang schließlich wieder zur Seite zog. Da ich kein Handtuch fand, trocknete ich mich mit meinem T-Shirt ab und rieb damit anschließend den beschlagenen Spiegel blank. Ein prüfender Blick offenbarte mir dunkle Augenringe und einen tiefen Kratzer quer über der Wange. Ich wusste, du hattest das nicht mit Absicht getan, aber er brannte wie Feuer. So was kann passieren, sagte ich mir. Ich hatte Dir verziehen, genauso wie Du mir. Ich hatte dich dann einfach umarmt und wir konnten einander nicht mehr böse sein.

Wieder im Zimmer kramte ich ein frisches T-Shirt aus dem Rucksack und zog es an. Vielleicht sollte ich mir endlich mal neue Klamotten kaufen, so wie du es mir schon lange gesagt hattest. Immer die gleichen schlabberigen Sachen. Mich würde man immer nur im gleichen Outfit sehen. Vielleicht hattest du Recht und ich sollte mir mal einen Anzug kaufen. Und zum Friseur gehen. Und den Bart abrasieren. Selbst du würdest mich kaum wieder erkennen! Aber es würde dir gefallen und dich glücklich machen. Ich fragte den Portier nach einem italienischen Restaurant. »Es gibt da eine Pizzeria, gleich die Straße runter. Die können sie gar nicht verfehlen.« Es hatte aufgehört zu regnen und wir schlenderten die Straße entlang. Man konnte vom nahe gelegenen Bahnhof die Lautsprecherdurchsagen und das Stampfen der einrollenden Züge hören. Vielleicht sollten auch wir mit dem Zug weiterreisen. Wie Teenager nach dem Abi, mit dem Rucksack quer durch Europa. Das könnte uns gefallen! Ein bisschen ohne Ziel, aber wir könnten glücklich sein, schließlich hätten wir uns.

Der junge Kellner, der uns bediente war kein Italiener und sprach in breitem Ruhrgebietsdeutsch. Schmunzelnd bestellte ich für mich eine Pizza und dir einen Salat, da du ja schon immer sehr auf deine Figur bedacht warst. Schweigend saßen wir einander gegenüber und beobachteten durch die großen Fenster die vorbeilaufenden Leute. Kinder schleckten Eis, Frauen führten Hunde Gassi, Paare hielten Händchen und ein älteres

Ehepaar blieb stehen und studierte aufmerksam die Speisekarte, um dann doch weiterzugehen. Als das Essen kam, merkte ich erst, wie hungrig ich eigentlich war. Wir hatten gestern Abend zusammen kochen wollen, aber der Streit hatte uns davon abgehalten. Jetzt endlich holten wir die Mahlzeit nach. Glücklich lächelnd schnitt ich das erste Stück aus meiner Pizza und begann versonnen zu kauen. Du hattest keinen großen Hunger, wie immer, also aß ich auch noch deinen Salat. Zufrieden trank ich den letzten Schluck Rotwein und bestellte die Rechnung.

Inzwischen war es dunkel geworden, aber es war noch früh und wir beschlossen, uns noch ein wenig die Stadt anzusehen. Wir gingen zuerst zum Bahnhof und schauten auf den Abfahrtsplan, jedoch gefiel uns kein Zielort. Also würden wir mit dem Auto weiterfahren. Das war ohnehin schneller. Wir spazierten weiter und erreichten die Innenstadt, die jedoch außer einigen kleinen Geschäften und einem Cafe jedoch nicht viel zu bieten hatte. Es begegneten uns auch kaum Menschen, die Mehrzahl saß wahrscheinlich auf ihren Balkonen oder in ihren Gärten, um die laue Sommernacht zu genießen. Wie oft hatten wir solche Menschen um ihre kleinbürgerliche Idylle beneidet und auch in diesem Moment konnte ich es wieder spüren. Wie ein leichtes Stechen kroch der Neid in mir hoch. Aber auch wir würden so glücklich sein können. Wenn nicht wir, wer denn wohl dann?

Wir kehrten ins Hotel zurück, es war niemand an der Rezeption, also gingen wir wortlos in unser Zimmer hinauf. Ich setzte mich in das geöffnete Fenster und rauchte eine Zigarette. Von hier aus konnte ich auf den Bahnhof schauen. Ein Mann mit einem kleinen Koffer in der Hand lief auf dem Bahnsteig langsam auf und ab. Zwei Meter hin, zwei Meter zurück, wobei er kurz auf seine Armbanduhr blickte. Wohl ein Geschäftsmann, vielleicht auf dem Weg nach Hause, wo ihn seine Frau schon erwartet. Wie lange sie sich wohl nicht gesehen haben? Gott, war ich froh, dass ich nicht allein unterwegs war! Ich hatte doch dich, du hattest mir verziehen, dass ich dich angeschrieen hatte. Das hattest du immer getan. Ich wusste, dass ich nicht immer fair zu dir war, aber das würde sich jetzt ändern, das hatte ich dir gestern Nacht versprochen, als ich dich weinend im Arm hielt. Nie wieder würde ich dich anschreien und vor allem nie wieder schlagen! Ich würde deinen Blick niemals vergessen. Die stumme

Klage, als du mit Tränen in den Augen die Hände um dich geschlungen hattest, als müsstest du dich vor mir schützen. Ich ging zum Bett, ließ mich auf den Rücken fallen und starrte zur Decke. Die Lautsprecherstimme vom Bahnhof verkündete die Einfahrt eines Zuges. Nun konnte der Geschäftsmann seine kleine Wanderung aufgeben und sich auf den Weg nach Hause machen.

Ich rollte mich auf die Seite und legte einen Arm um dich. So mochtest du schon immer am liebsten einschlafen. Gestern Nacht auch. Eng aneinandergekuschelt lagen wir da und ich habe dir erzählt, was ich alles ändern würde, damit wir immer glücklich wären.

Ich lauschte auf die Geräusche im Haus. Die schlurfenden Schritte des Nachtportiers, seinen trockenen Husten. Einen Gast in der oberen Etage quälte wohl ein dringendes Bedürfnis, was mir das Schlagen einer Tür, rasche Schritte über den Flur und bald darauf das befriedigte Rauschen der Toilettenspülung verrieten. Lächelnd und zufrieden überließ ich mich dem Eindösen, als ich plötzlich wieder deine angsterfüllten Augen vor mir sah. Ich hatte dich gebeten, endlich mit dem Gekreische aufzuhören, niemand würde hier irgendjemanden verlassen. Ich hatte dich geschlagen und du hattest dich zum ersten Mal gewehrt. Der Kratzer in meinem Gesicht würde mich noch lange daran erinnern, dass ich so etwas nie wieder tun sollte. Du wolltest jedoch nicht aufhören, also musste ich dir die Hand auf den Mund legen und wieder hast du dich gewehrt. Schließlich warst du dann doch endlich still und ich konnte in aller Ruhe mit dir reden. Ich habe mich entschuldigt, wieder und wieder und dann versprach ich dir, dass wir ganz neu anfangen würden. Wir würden weggehen und alles hinter uns lassen. Ich nahm meine Hand von deinen Lippen, habe dich geküsst und in den Arm genommen. Alles war wieder gut und wir sind glücklich eingeschlafen.

Über all dem Gegrübel war ich dann wohl tatsächlich eingeschlafen, denn als ich die Augen das nächste Mal öffnete, stand schon die Sonne am Himmel. Wir zogen uns an und verließen das Zimmer. Als ich die Tür schloss, blickte ich auf die Nummer. Die 13 wird ab jetzt immer für unseren Neubeginn stehen.

Ich zahlte das Zimmer bar und das Küchenmädchen war so freundlich, uns belegte Brote für die Fahrt zu machen. Wir wollten uns nicht mit dem

Frühstück aufhalten. Eine innere Unruhe trieb uns an. Der Portier nickte uns ein letztes Mal freundlich zu und wünschte uns eine gute Reise. Als wir endlich wieder auf die Autobahn fuhren, lächelte ich in den blauen Himmel über uns. »Auf in ein neues Leben!« sagte ich laut. Und wie schön wäre es, du könntest dabei sein!

Zimmer 16

von Tom Westerholt

1983 begann als ausgesprochen gutes Jahr für Toni Korczak, dessen Namen hier keiner richtig aussprechen konnte und den sie deshalb nur den »Kosaken« riefen. Er war erst spät aus seiner Heimat Danzig in den Pott gekommen, immerhin schon 47-jährig und hatte trotzdem sofort Maloche gefunden in der Gießerei. Ein starker Junge sei er gewesen, das hatte seine Mutter immer gesagt, damals, als sie sich 1940 vor den Deutschen verstecken mussten. Ihn hatte sie bei ihrer Schwester im kalten Holzofen verbuddelt, er war ja erst vier Jahre alt. Für sie selbst gab es kein Versteck, in dem »die« sie nicht gefunden hätten. Sie nahmen sie mit und Toni sah sie nie wieder. Und jetzt lebte und arbeitete er im Land derer, die ihm fast seine ganze Familie genommen hatten. Allein zu Hause in Deutschland? Toni dachte nicht oft und schon gar nicht gerne darüber nach, für ihn zählte jetzt nur noch die angebrochene Zukunft. Wie sie auch aussehen würde, hier schien es immerhin eine zu geben.

Er wirkte mit seinem bubenhaften Gesicht und seinen 1,94 Meter deutlich jünger, als er war, hatte volles, schwarzes Haar, das er auch auf Maloche in der Gießerei oft unter einem Haarnetz trug. »Ey Toni, watt bisse denn nun?«, hatte ihn deshalb einer der Kollegen gefragt, »Pollacke oder Ittaker? Oder bisse ne Mischung aus beides: Zu faul zum Klauen?« Toni »machte 500 die Woche«, wenn er reinklotzte und Wechselschicht um Wechselschicht schob, das war mehr, als er in Polen in einem Jahr verdiente. Eine Wohnung brauchte er nicht, er wäre sowieso nie daheim gewesen, meinte er.

Jemand in der Gießerei hatte ihm gesagt, er solle mal zum »Hotel Garni« fahren, wenn er eh nur ein paar Monate hier wäre, »da gäb`s günstig `ne Bleibe«. Nur ein paar Monate, und dann? Er zog in Zimmer 16 in der zweiten Etage ein, das war ihm wichtig gewesen. Er hatte am 16. März Geburtstag, seine Mutter, Jahrgang 1916 am 16. September, an dem er nach all den Jahren noch immer eine Kerze für sie anzündete. Toni pflegte seinen Katholizismus auf seine Art. Wenn ihm etwas wichtig war, bekreuzigte er sich stets ausführlich und mehrfach und sei es, dass Schalke gegen die Bayern verlor und nun abzusteigen drohte oder der Vorarbeiter in der Gießerei die Jungens seine schlechte Laune spüren ließ. Zimmer 16 war noch frei. Dem Portier hatte er trotzdem 50 Mark geboten, wenn er das Zimmer bekäme, es lag außerdem nach hinten raus. Nicht so grün wie Danzig, aber ein paar Bäume konnte man aus dem Fenster sehen, das reichte Toni.

An den ersten Tagen war er noch abends ausgegangen, in die Kneipen der Stadt, in denen sie Nena, Trio und Falko spielten. Aber die neue Deutsche Welle war nichts für Toni Korczak, er kannte noch die alte Deutsche Welle und die war ihm in keiner guten Erinnerung geblieben. Also ging er abends stattdessen zum Büdchen gegenüber, zum Kalle. Der hatte mit neuen Deutschen Wellen auch nichts am Hut, sein kleines verstaubtes Radio, das zwischen der Doppelkornauslage mit dem vergilbten Preisschild und dem Ernte 23-Zigarettenspender stand, kannte nur WDR 4 und dort wiederum kannte man Nena nicht.

Am besten gefiel Toni aber, dass man mit Kalle nie viel reden musste. Man konnte, wenn man wollte aber wenn man nicht wollte, musste man nicht. Und Toni wollte oft nicht müssen. Dann tat es auch ein »Auf« zur Begrüßung, das »Glück« schienen die Menschen hier dauerverschluckt zu haben, so viel hatte Toni gelernt. »Wie immer?« fragte Kalle dann, und Toni brauchte nur zu nicken für ein DAB und einen Korn. Und für noch ein DAB und einen Korn und für noch ein DAB und einen Korn, bis Toni mit der Hand abwinkte, Kalle das Geld gab – immer aufgerundet auf die nächste Mark – und zur Verabschiedung »werd dann mal«, sagte. Dann ging er mit seinen Stahlkappenschuhen, seiner feuerfesten Jacke und der grauen Bundhose quer über die Straße zurück ins Garni.

»Zimmer 16, gereinigt und gelüftet, bereit für die Nachtruhe Herr Korzack«, versuchte sich der Portier ein ums andere mal an dem selben schlechten, unangenehm militärisch frisch klingen wollenden Witz, wenn er Toni abends noch an der Rezeption erwischte. »Korczak, es heißt KORCZAK«, murmelte Toni jedes Mal lautlos, er fand diesen albernen Kauz nicht witzig und ertappte sich regelmäßig dabei, wie er um die Ecke der Eingangstür lugte, um diesem Typ und seinem dauernd dudelnden Plattenspieler mit der merkwürdigen Musik aus dem Weg zu gehen.

Endlich seine Ruhe zu haben, war das, was Toni den Kollegen als Antwort auf die Frage gab, wenn sie wissen wollten, worauf er sich nach der Arbeit am meisten freue:»endlich mal meine Ruhe haben«.

Wenn es sich einrichten ließ, ging Toni am Wochenende oft stundenlang spazieren. Die grau-rote Backsteinstadtmit ihren zahllosen Schloten, der leicht staubige Geschmack auf der Zunge, dass jeder hier sein konnte, wie er wollte, dass nicht einmal mehr der Fremde hier nicht zu Hause und willkommen war, das gefiel Toni. Und es ängstigte ihn. Aber am meisten gefiel es ihm.

An einem Sonntag Nachmittag im Spätsommer ´83 blieb er drinnen, in seinem Zimmer 16, mit starrem Blick auf die drei Pappeln im Hinterhof.

»Schäbiges Wetter«, murmelte er immer wieder, während der Regen am weit geöffneten, verstaubten Fenster abperlte und graue Streifen ziehend auf den Teppich tropfte.»Schäbiges, schäbiges Wetter«.

Ein letztes Mal noch prüfte Toni die beiden Knoten, während er schon auf der Fensterbank stand, den einen genau wie den anderen.

»Werd dann mal«, sagte er leise und er lächelte und ging. Auf dem Fußboden lag ein zerknüllter Brief, ein Schreiben vom Amt. Betreffzeile: »AuslG § 13: Verlängerung der Aufenthaltsgenehmnigung« Viele Worte hatten die nicht gemacht, vier davon hatte Toni mit Kuli unterstrichen: »... kann nicht erteilt werden.«

Forever young

von Ulf Göres

›Forever young, I want to be forever young, do you really want to live forever, forever – and ever …‹
»Hömma, mach die Scheiße aus«, keifte Profi.
Jetz hör auf zu moppern, du Meckerfott. Alphaville war auch nicht Buddys Ding. Aber der Text ging ihm nicht mehr aus dem Kopf. Natürlich wusste er, wie die meisten Songs entstehen, Textbausteine, nicht besonders originell. Für immer leben, will man das eigentlich? Und was bedeutet es, zu wissen, dass man nie stirbt? Hat man dann noch Ziele?

Buddy Lotion war anders als die anderen. Und sie wussten es. Gut, er war nicht Johnny Rotten oder Lemmy Kilmister. Egal! Entweder für immer jung ohne Verantwortung oder älter werden, mit Stil – das war hier doch die Frage! »Dat ihr euch imma wegen son Pipifax inne Haar kriecht, dat is echt ätzend«, stänkerte Bumsen. »Die ham wieda ihre dollen fünf Minuten.« Profi, Rudi, Bumsen, Buddy – alle hatten sie lange Haare. Fett Matte! Und Buddy war davon überzeugt: Er würde sie niemals abschneiden lassen oder seine Palette Ohrringe herausnehmen. Die Musik der Band war nicht gut, aber lustig. In Moers war es nicht lustig. Moers, das stand für Jazzfestival und langweilige Abende. Hier wurde der Bürgersteig am Wochenende schon um acht hochgeklappt. Zwar gab es immer mal wieder vielversprechende Ansätze, wie etwa das ›Skala‹. Das fand Buddy als 16-Jähriger echt geil, doch meistens war es zum Abbrechen und die Leute ziemlich blasiert. Und mit dem Jazzfestival verhielt es sich wie mit dem Eiffelturm: Kein Pariser geht auf den Eiffelturm und kein Moerser auf das Jazzfestival! Bumsen sagte dann immer: »Hö, hö, hö wie soll son Pariser auch aufen Eiffelturm kommen?« Bumsen hieß eigentlich Bernhard, Bernhard Bumsen. Doch alle nannten ihn immer beim Nachnamen. Bumsen war der Größte von ihnen – rein körperlich – und ergriff meistens die Initiative. Er war sehr entscheidungsfreudig und ein absoluter Teamspieler. Bumsen konnte sich sehr gut der jeweiligen Gesellschaft anpassen und war hierbei extrem flexibel. Da es sich meist um Frauen handelte, galt Bumsen als ausgemachter Schmecklecker. Bumsen war dann stets bemüht, witzig zu sein, was ihm auch manchmal gelang.

Buddy fragte sich dann immer, ob Bumsen irgendwo gelesen hat, dass Frauen Humor an Männern mögen? Aber vielleicht gibt es ja irgendwann mal ein Buch, das davon handelt, warum Männer nicht zuhören und Frauen schlecht einparken, dass das sicher nicht die ganze Wahrheit über Männer und Frauen sei, dass man damit aber bestimmt viel Geld machen könnte.

»Mit Killefitt Knete machen, dann knallt der ganze Tach der Lorenz.«

»Und wer soll dat kaufen, du Stratege«, zweifelte Rudie. »Ich sach dir, da gibet nen Markt für, dat is wie mitem Gelsenkirchener Barock. Keiner will dat Gedöns haben, geht aber weg wie Lutzi, und dann denken se noch, se haben nen Fitsch gemacht.«

»Ich weiß nich, dat is zu hoch für mein Vadder sein Sohn.«

Moers am wunderschönen Niederrhein! Das hieß in letzter Konsequenz: sonntags ins Daddy Duisburg, Donnerstag ins Daddy Oberhausen, Freitag ins Zwischenfall nach Bochum und Samstag wieder nach Bochum, dann ins Logo. Manchmal auch nach Düsseldorf. Da gab es den Ratinger Hof. Doch der lag schon im Sterben. Manche sagten ja auch Old Daddy.

»Daran erkennt man die Frikos«, behauptete Rudi. Rudi Menter war der Schlagzeuger und hatte eine stark ausgeprägte Libido. Er wusste zwar nicht, was das war, doch mit dem Schwanz zu denken, wie einmal Britta Willich meinte, damit wusste er was anzufangen. Außerdem beherrschte er die Klaviatur des leichten Lebens. Ein Charakterzug, den Buddy sehr an ihm zu schätzen wusste.

Buddy setzte sich immer sehr hohe Ziele, die er meist nicht erreichte. Er war allerdings beharrlich und lernbereit. Meist wurde er auch besser, denn er konnte die damit verbundenen Probleme gut akzeptieren. Buddy war sehr aufmerksam und sorgfältig, er lebte seine Grundsätze. Hierzu gehörte auch eine absolute Ehrlichkeit bis zur Schmerzgrenze. Wenn er jemanden mochte, bewies er starkes Einfühlungsvermögen. Buddy hatte allerdings die dumme Angewohnheit, die Klugheit der anderen beim Nachgeben mit Überzeugungskraft zu verwechseln. Buddy war absolut autonom und ließ sich schwer beeinflussen.

Profi Anal konnte überhaupt keine Kritik ertragen. Er verwechselte Diskussionen prinzipiell mit Krieg. Profi hatte die niedrigste Frustrationstoleranz der ganzen Band. Zu alledem war Profi ein echter Schmierlapp, meist ungepflegt und sah schon in jungen Jahren aus wie sein eigener Vater. »Ne echte Opaunke«, wie Rudi meinte. Der trockene

Humor glich manches wieder aus, aber eben nicht alles. Außerdem stand Profi nicht auf Alphaville, er hörte lieber Hardrock. So kam es, wie es kommen musste:»Live fast, die young«, gab Profi seine Weisheit zum Besten.

»Mein lieber Scholli! Wat soll dat denn heißen? Immer laberst du so ne Scheiße nach, ohne dat Gehirn anzustrengen«, motzte Buddy. »Ich jedenfalls hab keinen Bock, jung zu sterben.«

»Ihr habt wohl nen Sprung inne Schüssel, hört endlich auf«, raunzte Bumsen.

»Gehen wir morgen auf Trallafit? Die Glocken hängen tief, morgen wird's regnen.«

»Willse wieder baggern?« griente Rudi angriffslustig.

»Dat kannse dir vonne Backe putzen, da sind sich die Tussen ja voll am beömmeln, wenn die deine Hobbyflecken sehen.«

»Hasse nen Schuss im Ofen, wenigstens riech ich nich wie Oma unterm Arm«, lachte Bumsen. »Gleich kriegse eine gelappt, dann is aber Hängen im Schacht! Mit deinem Fummel brauchse bei den Weibern erst gar nich zu kommen, die laufen ja sofort weg.«

»Boah, bis du dich am Aufkröpen. Mit deine Treters kannse deine Käsemauken auch nich kaschieren.« Bumsen lief gefährlich rot an.

»Macht hier nich so nen Peias, wo wollste denn hin?« beschwichtigte Buddy. »Ins Daddy?«

Jetzt fing Profi wieder an. Er hatte die leichte Neigung, immer etwas Pathetisches zu raunen. Er hörte einfach zu viel Black Sabbath, wie Buddy annahm. »Dat Leben vergeht so schnell, wie ne Zigarette, die an beiden Seiten brennt!«

»Wie soll man die denn rauchen?« fragte Rudi besorgt bei dem Gedanken, sich zu verbrennen. Alle prusteten vor Lachen. Bumsen flog die Zigarette aus dem Mund.

Wie alle Tätigkeiten, so setzt auch Autofahren Assoziationen frei. »Hey Schwachkopf, kennse den, fragte Rudi. »Alle Kinder gehen über die Straße, nur nich Rolf, der hängt vorm Golf!«

»Bitte keine Witze«, stöhnte Buddy auf, doch da folgte schon der Konter von Bumsen: »Alle Kinder schauen zum brennenden Auto, nur nich Kurt, der hängt im Gurt.«

»Genau«, murmelte Buddy, »und alle Kinder gehen zur Beerdigung, nur nich Hagen, der wird getragen.« Alle lachten! Eine verschworene Band waren sie. Rudi, Buddy, Bumsen und Profi. Sie hielten zusammen – nur nicht Alexander, der fällt auseinander.

Buddy musste mal wieder fahren. Eigentlich war das okay, nur nicht dann, wenn irgend so ein Flappmann drängelte.

»Je dicker dat Auto, desto kleiner der Schwanz!«

»Genau und da macht dann auch fünf gegen einen keinen Spaß, da muss man immer suchen«, ergänzte Bumsen feixend.

»Eh, wie bis du denn drauf?« bölkte Rudi, der gerne schnell fuhr. »Wenn son Knüssel wie du so lahmarschig fährt, is dat ja auch kein Wunder, dat man drängelt.«

»Müssen ja nich alle so bematscht brettern wie du, Dämlack, dann hat man auch keine Blötsch inne Eierfeile«, fuhr ihn Buddy an.

»Wat meinse damit? Tu ma Butter bei die Fische!«

»Ich titsch wenigstens keine Karren an und jammer dann über ne Blötsch«, ranzte Buddy. »Ihr habt doch echt nen Lattenschuss«, rief Bumsen verzweifelt.

»Buddy, jetz gib ma Stoff.«

Wat denn, hier aufm Ruhrschleichweg?«

»Wat fährse auch immer durch die Pampa.«

»Okay, du Trantütes, dann kannse ja laufen«, raunzte Buddy. »Fahr doch nich ab, entspann dich, sonst verfranste dich wieder, oder kriegse dat nich geregelt?« erwiderte Rudi. Rudi lernte nie aus Fehlern. Genau genommen machte er immer die gleichen. Und nur darin hatte er Ausdauer. Wenn Buddy recht überlegte, kannte er nichts, was Rudi einmal durchgezogen hätte. Außerdem war es ihm nicht möglich, pünktlich zu sein. Rudi war eben »ein Schlönz, dem die Sonne ausem Arsch scheint«, wie Buddy immer behauptete.

»Ach du Scheiße«, rief Bumsen »Die Herren von der Trachtengruppe – Bullenalarm!« Mit einem eleganten Kellenschwung winkte der Polizist das Auto an den Seitenrand.

»Darf ich bitte einmal ihre Fahrzeugpapiere sehen?« Buddy suchte hektisch die Papiere, die er nie dabei hatte, sonst könnte man sie ja verlieren.

»Die hab ich wohl zu Hause vergessen«, säuselte Buddy.

Glauben Sie ihm nich, der hat sowieso keinen«, lachte Rudi.

»Ach Quatsch, der is doch total besoffen«, setzte Profi einen drauf.

»Hm«, murmelte der Polizist.

»Sind wir denn schon über der Grenze?« prustete Bumsen. Der Polizist kräuselte die Lippen und dackelte ab.

»So nen Dödel, dat war ja wohl nen schwaches Bild«, lachte Bumsen.

»Wat sollte denn der Tulluss? Dat war ja wohl nen Schuss im Ofen«, fluchte Buddy.

»Du Schisser«, murmelte Rudi.

»Ihr seid doch echt Scheiße«, nölte Buddy und fuhr seinen Fiesta galant in die Straßenmitte.

»Der kommt bestimmt aus Bayern, vermutete Bumsen dösig«.

»Wieso dat denn?« wollte Rudi wissen. »Der hat doch gar nich so gesprochen.«

»Nö, der is aber so dämlich gewesen.«

»Klar«, ergänzte Buddy, »alle Bayern sind ein wenig beschränkt.«

»Warum?« erwiderte Rudi.

»Du bis vielleicht nen Experte, dat is doch klar, die gucken ja die ganze Zeit vor die Berge, denen fehlt eben der Weitblick.«

»Ich hab Schmacht. Komm, wir fegen uns noch schnell ne Pommes rein«, jammerte Rudi bräsig.

»Na gut, dann aber ruckizucki.«

»Komm wir fahren lieber zu ner Bude und kaufen da wat«, meinte Profi.

»Ja wat denn, nen Bütterken?«

»Wo issen hier die nächste Trinkhalle?« wollte Buddy wissen.

»Gibt's nich eine in, äh, na in Dingskirchen«, stammelte Bumsen.

»Oder wir gehen nen Dubbel essen«, Profi gab nicht auf. »Komm wir fahren los, wir frickeln uns dann schon durch«, beschloss Buddy genervt. Nach kurzer Suche steuerten die vier eine alte Pommesbude an. Durch den einsetzenden Regen rannten sie hinein.

»Mein lieber Scholli, is dat siffig hier«, jammerte Profi. »Hier siehts aus wie Sau.«

»Na dann is dat ja dat richtige für dich, du Schmierlapp. Wie bei Hempels unterm Sofa.«

»Wat nimms du denn«, wollte Rudi wissen. »Pommes Matsche!« Bumsen bestellte eine Currywurst.

»Is dat nen Oschi«, rief Bumsen begeistert.

»Wat is dat denn für ne Schore, so wat kann man doch nich essen, mach doch ma erst den Kniest da ab«, lachte Buddy beim Anblick von Rudis Essen.

»Hey, dat schmeckt spitzenmäßig. Willse ma probieren?« Bumsen bot Profi ein Stück von seiner Currywurst an.

»Ne, die Phosphatstange is ja voll verschrömmelt«, erklärte Profi angewidert. »Die Schore ess ich nich, die kannse dir in die Haare schmieren. Boah, bis du nen ollen Stinkstiebel, jetz zieh ma keine Schnüß.«

»Samma, gehen wir jetz«, nervte Rudi.

»Ich glaub es hackt, wir sind doch gerade erst rein. Dat du immer so hibbelig bis. Ich kann mir dat doch jetz nich so reinzerren. Immer slowly«. Buddy konnte es nicht glauben. »Dat is mir schnurzegal. Lass abhauen.« Bumsen wurde sauer. »Wo sind denn deine Pommes?«

»Voll Trick siebzehn«, grinste Rudi und blickte Richtung dampfendem Blumentopf.

»Du Pieselkopp, hasse dat jetz stickum getan?« wollte Buddy wissen.

»Wat is, kommse jetz mit oder nich? Dann hau rein. Jetz aber ab inne Puppen.« Wenn Rudi angenervt war, musste alles nach seiner Pfeife tanzen, sonst wurde er unausstehlich.

Buddy stellte den Scheibenfischer auf Stufe zwei, damit er überhaupt noch etwas sehen konnte. »Dat is aber lecker warm hier drin. Bin ich am Ölen. Kannse nich ma dat Fenster aufmachen?« nervte Rudi erneut. »Kannse ma ruhig sein, du Kappes! Dat is voll am Plästern!«

Die Scheibe war beschlagen. Draußen war alles wie immer. Müde fuhren sie der Nacht entgegen. Der einsetzende Regen zeichnete eine Parallelwelt. Lebenslinien, gezeichnet durch verlaufende Tropfen, trafen aufeinander und trennten sich. Zukünftiges spiegelte die Scheibe, als das Licht die Vergangenheit durchbrach. Aus dem Radio tönte Fehlfarben: »Keine Atempause, Geschichte wird gemacht, es geht voran!«

Die Sonne scheint durch das Fenster und Buddy wacht auf. Der Regen hat aufgehört. Etwas stimmt nicht mit der Welt! Der Himmel über den Dächern verbreitet das Knistern eines kaputten Röhrenmonitors. Ein Leben im Umbruch zwischen Industriegesellschaft und Informationsgesellschaft. Thyssen und Krupp, die großen Stolzen im Ruhrgebiet, einst verbitterte Feinde, heute fusioniert. Früher war hier Mannesmann. Buddy hat hier seine Lehre gemacht: »Bin hier auf Maloche gegangen«, wie er immer betont. Heute residiert Siemens in den alten Gebäuden, die nur schwach in die Größe dieses einst mächtigen Industriekonzerns hineinwachsen. Vielleicht ist der Schuh ja auch zu groß!

Die alte Kupferhütte in Duisburg. Damals blühende Industrie. Dreckig, ja, das war sie, aber lebend. Heute siedeln in der alten Industriebrache fast vormoderne Manufakturen und Kleingewerbe. Hier ist auch der Proberaum. Laute Musik stört hier höchstens die Katzen, die sich durch das satte Grün der Pionierpflanzen kämpfen, auf der Suche nach Essbarem. Auf der Fahrt zum Proberaum sieht man auf fast jedem Plakat Beckenbauer. Das Gesicht ist medial verbraucht. Welcher Werbestratege setzt eigentlich auf grau melierte Eminenzen, die nur leere Worthülsen von sich geben. Kaiser? »Pah!« spuckt Buddy verächtlich.
Und immer wieder diese seltsamen Träume.

Das Telefon schellte! »Ciao Giovanni!" Es war Rudi.
»Jetz fängt wieder dat dämliche Itakerspiel an«, dachte Buddy »Ciao Roberto.«
»Komm aus die Puschen, und wat is mit heute abend, gehen wir ins Daddy?« Buddy war noch etwas benommen vom Schlaf. Heute war Donnerstag. »Klar machen wir.«
»Dann pack deine Plörren und komm. Ziehse wieder deine olle Bollerbuchs an, oder hasse dir mal neue Anziehsachen gegönnt«, wollte Rudi wissen.
»Mach doch nich so nen Bohei daraus, und hör auf, mich zu betutteln. Raffse dat nomma?« Buddy war schon wieder genervt. »Hasse ein am Appel? »Scheiß Dich nich so an.« Buddy hatte öfter mal eine Phase, in der er sich zurückzog. Er liebte die Ruhe. Dann war er immer sehr kreativ, wenn es darum ging, eine Ausrede zu finden. Im Augenblick hatte er eine solche Phase. Auch verzichtete er lieber auf etwas, bevor er andere darum bat. Er wollte unabhängig sein. Das Gespräch zog sich noch eine Weile hin. Mit Rudi konnte man nicht nur Informationen austauschen, das Mindestmaß bestand aus einer halben Stunde.
Buddy zog die schnellen Schuhe an – Marke: Convers-All-Star-Imitation! »Die Latschen sind doch genauso schnell fratze, wie die in echt!« Rudi packte seine Zahnbürste ein. »Man weiß ja nie, bei wat für ne Tussi man aufwacht«, pflegte er dann zu sagen. »Ach du Scheiße, hör dir den an«, ätzte Bumsen und ab ging es ins Daddy.
Stickige Luft und laute Musik hieß sie willkommen: Undertones: ›Teenage Kick!‹ »Nich besonders modern, dat is doch alles Firlefanz«, nölte Buddy. »Aber cool! Krieg dich wieder ein«, beschwichtigte Bumsen.

»Ich krieg nen Föhn – gleich kommt ›Gone Daddy Gone‹ von den lieben Violent Femmes Opas!« Buddy war gereizt. Ihn nervte die immer gleiche Musik. Das Leben nach geschriebenen Gesetzen und in beschriebenen Bahnen. Rudi war gut drauf und am Peilen.

»Boah, guck mal, is die geil, ich krieg ne Latte, guck mal mein Prengel is schon voll erwachsen« schrie Rudi Bumsen ins Ohr.

»Meinse den Kawenzmann mit der fettigen Hose?« Im Daddy waren die 70er schon Ende der 80er wieder angesagt, Hauptsache anders sein. »Ja, ja, Fettflecke werden wie neu, wenn man sie regelmäßig mit Butter bestreicht!« ätzte Bumsen. Gott sei Dank hatten die Jungs alle einen anderen Geschmack und kamen sich in Bezug auf Frauen nur gelegentlich in die Quere.

»Eh, voll korrekt, der Kasi«, schrie Rudi. Kasi hieß eigentlich anders, nur wie, das wusste keiner mehr. Kasi hieß Kasi, weil er aus Kassel kam. Ab und zu verirrte er sich ins Ruhrgebiet, um mal so richtig auf die Kacke zu hauen. Kann man nur verstehen, wenn man schon einmal in Kassel war. Weisse noch, legte Rudi los. »Du bis doch echt nen Heiopei«, Buddy war entsetzt, »wie alt bisse eigentlich? Ich dachte so wat sagt man erst ab dreißig. Und gleich kommt der Überknaller: Ja, ja, die Jugend von heute.« Doch Buddy kam mit seiner Litanei nicht weit. »Hmpf?« fragte Rudi mit erwartungsvollen Augen.

»Wie bitte?« Kasi hatte nicht verstanden.

»Jau!« schrie Rudi. Das war Rudis liebster Gag. Irgendein unverständliches Wort nuscheln, um dann bei berechtigter Nachfrage den Fragenden ein lautes Jau entgegen zu schreien. So richtig lachen konnte darüber keiner, außer Rudi.

Buddy ging tanzen. Er tanzte sehr gern, denn Tanzen ist so ohne Sinn, so wenig rational. Man legt einfach los und hat Spaß. Auch ohne Alkohol, zumindest theoretisch. Profi war der Bassist der Band, und wie alle Bassisten, konnte er nicht tanzen.

»Is wohl so nen Naturgesetz«, mutmaßte Buddy. Bumsen hatte ein Opfer angepeilt. »Die is ja rattenscharf«, rief er begeistert. Jeder hat so seine Masche. Bumsen konnte gut schleimen. Er sprach sie ölig an. Hatte aber keine Chance!

»Schieß die Schickse in den Wind, is sowieso nen Wanderpokal!« lachte Rudi.

»Du riechst gut«, Buddy wusste, das kommt immer gut an. Er sagte es aber nur dann, wenn es stimmte, und jetzt stimmte es. Sabine schaute ihn geschmeichelt an. Buddys Masche beruhte auf der alten Stones-Erkenntnis »Time is on my side!« Bloß nichts überstürzen. Qualität setzt sich immer durch. Aber mit einer Frau für immer zusammen zu leben? Das ist bisher immer schief gegangen. Nicht wegen anderer Frauen. Sondern weil irgendwann die Liebe starb: ›*Cos I'm in love with rock 'n' roll, satisfies my soul ... I can't imagine growin' old with anyone marching to a different drum, I hear a different song*‹ Lässig schlenderte Buddy zur Theke. Auf halbem Weg begegnete ihm Axel H. »Ich mach ne Party. Viel Alkohol und Sex – kommse auch?«

Geil, wer kommt denn sonst noch?« fragte Buddy.

»Na, du und ich«, grinste Axel. Kommentarlos ließ Buddy diesen Kelch an sich vorüberziehen und ging seinem eigentlichen Ziel entgegen.

»Oh nein, dieser Scheißkellner«, dachte Buddy. Wieso Frauen auf Kellner stehen, würde für Buddy immer ein Geheimnis bleiben. Die Kellner waren so abgezockt, dass sie die Mädels für lau abfüllten und dann abschleppten. »Erst pepp sie, dann popp sie!« dachte Buddy, bestellte sein Bier und ließ sich den Wisch bekritzeln. Das System war einfach, beim Eintritt bekam man eine Karte, die wurde dann abgeschrieben, und erst wenn man raus ging, drückte man die Kohle ab.

»Hey, Alter, mal wieder schlecht drauf?« Buddy stöhnte laut auf, »was denn noch?« Pedro Viel rekelte sich lässig neben ihm! Ein sonnenbankgebräunter Typ, der einem alles verkaufen würde, auch Aktien!

»Mach mal Urlaub und entspann dich – fahr nach Thailand. Super billig! Kostet fast nix, viel Sex und du kannst dir noch billig 'nen Anzug machen lassen.«

»Genau: ›*A cheap holiday in other people's misery!*‹ Dat Leder is nett und die Leute sind billig, ich kann gar nich so viel fressen, wie ich kotzen könnte«, ekelte sich Buddy. »Den findet man eines Tages bestimmt mit 'nem Messer im Rücken!« dachte er wütend und zog ab.

»Is hier nen Ramba-Zamba, dat geht mir voll auf en Zeiger.« Buddys Laune sank merklich. »Jetz zieh ma nich so ne Fleppe, du Träne. Dat bisse doch selber in Schuld, wenn dich immer so runterziehen lässt.«

»Ich geh jetzt auf en Bottich.«

»Wat denn? Musse schon wieder nen Neger abseilen? »Dat würd ich hier nich tun, da bin ich fies vor.« Profi war entsetzt.

Fiebrig nestelnd fummelte Rudi an seiner Jeansjacke. Rudi war Hypochonder und jammerte die meiste Zeit.

»Is halt nen Schlaffi, dat Pudernäschen«, beschloss Profi. Rudi hatte immer eine ganze Apotheke über seine Taschen verteilt. Und da er mindestens ein T-Shirt, einen Pulli, eine Jeansjacke und eine dicke Jacke anhatte, dauerte es immer lange, bis er das Gesuchte gefunden hatte.

»Heute schon gekifft?«

»Nö«, gab Buddy zu bedenken. Ein allseits beliebtes Spiel. Natürlich war die Frage rhetorisch. Denn sie hatten schon vorher mindestens drei Tüten geraucht. Früher waren es mal Bongs gewesen, doch die hauten dermaßen rein, dass man lieber zu Hause blieb. Da haben sich die Tüten auf Dauer als gastronomiefreundlicher erwiesen. Also erst mal raus aus dem Daddy und eine fette Tüte geraucht.

Rudi hatte schon die ganze Zeit nach einer üppigen Blondine Ausschau gehalten.

»Hey, die Alte mit den dicken Möpsen will wat von mir«, lachte er und kurbelte dabei mit Sorgfalt eine geschmackvolle Tüte.

»Na, da warse ja auch voll am Peilen.«

Dann kauf dir doch nen Bett!«

»Oder ne Lünmeltüte, du Hirni!« grinste Buddy streitlustig. »Wat is, du Prutscher, krisset heut noch feddig?«

»Wart ab! Ich seh nix, hasse keine Funzel? Ich bin hier voll am friemeln, dat dauert eben.«

»Genau, jetz ne Latüchte. Boah, is dat denn fürn Kroppzeug?« wollte Buddy wissen.

»Hey, dat is lecker Zeug.«

»Dann sei ma nich so kniepig und tu da mehr rein.«

Rudi beschwerte sich. »Da is schon genug drin, du Gierschlund, noch und nöcher.«

»Die sind sich schon wieder am Käbbeln, die machen mich noch ganz kirre.«

»Rudi, jetz mach ma keinen Harri und prockel so inne Tüte, gib her!« Bumsen wurde es langsam leid.

Nachdem sie wieder drin waren, legte Bumsen sofort los. »Eh, Furzknoten, guck mal die doofen Weiber da hinten, die gehen bestimmt zu dritt unter die Sonnenbank, um Geld zu sparen.« Alle lachten. Hinten in der Ecke stand Britta. Rudi fand sie schon immer gut.

»Wat willst du Grotzkotz denn mit der Ollen?« fragte Profi, er konnte sie nicht ausstehen. Rudi kam bei ihr nicht an, dafür aber Peter Nies.

»Die dümmsten Bauern haben eben die dicksten Kartoffeln, so nen fiesen Möpp«, nölte Rudi. »Dat is nich gerecht. Gerechtigkeit?«

»Ja Hustekuchen!«, belehrte Buddy, bei dem die Tüte eine leicht transzendentale Wirkung entfaltete. »Wat is schon gerecht, und warum fragst du Eumel dich dat ausgerechnet bei die Trulla?«

»Dat is doch ganz einfach«, sagte Rudi, »dat spürt man doch!«

»Ja, ja dat gesunde Volksempfinden«, ätzte Buddy zynisch.

»Wenn du sechs Leute has, alle unterschiedlich alt, einer gesund der andere ungesund, mit hohem und niedrigen Einkommen, mit Kindern und ohne – und alle warten auf eine Herzverpflanzung. Es gibt aber nur ein Herz. Wem würdest du es geben und die anderen damit zum Tod verurteilen? Dem, der dat meiste latzen kann, dem, der am jüngsten is und noch lange leben wird oder dem, der die meisten Kinder hat? Ja wat is schon gerecht?«

»Blubber nich so nen philolopischen Schwachsinn.«

»Rudi, du bis echt primif.«

»Ich werd rammdösig, komm lass abhauen, ich bin fix und foxi«, motzte Rudi, der keinen Bock auf philosophische Diskurse hatte. »Ach und Pedder: Steck 'nen Gruß von mir mit rein!«

»Tja, dann wirst du wohl heute nacht wieder die Nudel in die Hand nehmen, was?« grinste Bumsen schmierig.

»Aber minnigens mit fett Glibber,« bestätigte Profi.

»Schon komisch«, legte Buddy wie auf Kommando los, eigentlich behaupten alle, dat se nich wichsen und tun es doch. Dat is genauso, wie mit der katholischen Kirche. Sie wehrt sich vehement gegen die Anerkennung der Schwulen und doch is es die Hälfte des Personals. Oder denk doch mal an die Bundeswehr oder an die Polizei.«

»Tja, so eine Uniform is doch was Schickes«, pflichtete ihm Bumsen bei.

»So sind alle Konservativen: Wir wichsen nie – wir unterdrücken.«

Buddy war todmüde – schlaftrunken fiel er ins Bett. Da hauchte ihm aus nebligen Gründen eine dunkle Vorsehung ins fiebrige Ohr:

›The future is unwritten!‹

Buddy wird wach. Nachdem er geträumt hatte, er wäre ein Rockstar, fragt er sich, ob er ein träumender Buddy gewesen war oder jetzt ein Rockstar, der träumt, er wäre Buddy. Früher war sein Schlaf traumlos. Doch in letzter Zeit wurde er gequält von Vorahnungen, oder waren es

Boten aus längst versunkener Vergangenheit? Sie ist alt geworden, die Welt, und grau. Er schaut in den fahlen Spiegel. »Du siehst aus wie ein Mensch, der das, was er sieht, hinnimmt, weil er damit rechnet, dass er wieder aufwacht«, scheint sein Gegenüber zu flüstern. Was ist Traum, was ist Realität? Woher kennt er nur diesen Satz? Und – was viel wichtiger ist – was hat er zu bedeuten? Buddy schaltet die Gedanken ab und das Radio ein. Bayern droht mit dem Austritt aus dem Länderfinanzausgleich. Ja, so ist er, der Süden, undankbar! Früher hat das Ruhrgebiet das industrieschwache Bayern durch die Gelder aus dem Strukturausgleich nach oben gebracht. Heute wollen sie also austreten.

»Come on baby over mine, lets make position sixtynine«, quälte sich Profi durch die Textzeile.

»Du bis ja beschmiert, so ne Scheiße sing ich nich«, pfefferte Buddy den Vorschlag in die Ecke. Liebeslieder waren nicht Buddys Sache. Er war politisch! Doch was hieß das schon. Er war eher anarchisch!

»No risk, no fun", schmetterte Profi.

»Jetz is aber finito, noch ne blöde Parole und ich verpiss mich, dat geht Rubbel die katz«, raunzte Buddy und schnappte sich das Mikro. Als Gesangsanlage diente ein ausgelutschter M3-Verstärker aus Italien.

!Hey, Buddy, wollse wieder aufe Kacke hauen?« Rudi rollte versöhnlich eine Tüte.

»Leck mich doch inne Täsch, ich sing doch nich so ne Scheiße, der Tortenarsch hat immer so nen Scheiß auf Lager, ich bin doch nich vorn Schrank gelaufen.«

Buddy, komm ma runter. Jetz raste mal nich aus. Wollse jetz hier ne Klopperei anfangen oder wat?« auch Bumsen war angenervt.

»Okay, Schluss mit die Spökes, lass rauchen!«

»Kriegse dat denn heut noch auf die Reihe?« fragte Buddy in ruhigem Ton.

Buddy dachte an Dr. Besorgt, »Hömma, als Freund sag ich dir, kiffen is okay, als Arzt sag ich dir, du ruinierst dich total. Außerdem is es illegal. So is dat eben, dat is die Wahrheit.«

»Wahrheit? Wessen Wahrheit?« keifte Buddy dann immer. »Ach, ich vergaß, du has den direkten Draht zum Weltenlenker! Kiffen is im Orient vollkommen okay und Alkohol verboten. Alles is relativ! Und überhaupt: Realität is wat für Leute, die mit Drogen nich zurechtkommen.«

Buddy hatte einen 50 Watt Marshall Röhrenverstärker. So eine Röhre setzt sich gegen jeden Transistor durch. Und laut, das wollte Buddy schon immer sein.

»Buddy, bisse Panne im Kopp? Mach leiser, mein Ohr piept, ich werd noch ramdösig!« schrie Bumsen ins zweite Mikro.

»Da geh ich mit dir kondom! Buddy, du gehst mir auf en Keks, aber in echt!« ätzte nun auch Profi.

»Hä, wat bölkt ihr denn so rum? Ich kann nix verstehen. Ihr seid so laut!« beschwerte sich Buddy.

»Lass stecken, den kannse dat nich auseinanderdröseln, der hat doch seine Ohren wieder auf Durchzug, is dat laut, ich krieg noch Pinne«, Bumsen winkte ab.

Ein Röhrenverstärker hat allerdings den Nachteil, dass man Störgeräusche akzeptieren musste. So konnte man häufig exotische Radiosender über den Marshall hören.

»Hey, wat is dat denn? Ich hör doch wat«, sagte Buddy.« Du bis ja Banane, rauch dir mal erst eine, und hör auf so ne Bauklötzkes zu staunen«, lachte Bumsen. »Meine Fresse, is der überspannt«, raunte Profi Rudi ins Ohr. Doch für Buddy war es unüberhörbar: Er hörte eine Stimme – und sie sprach zu ihm!

Buddy ging durch den alten Empfangsraum vom Garni und suchte das Schlüsselbrett. Da war er: Schlüssel Nr. 17. Seltsam, alle Schlüssel waren matt. Nur Nr. 17 glänzte. Nachdem Buddy nicht mehr diskutieren wollte, folgte er der Stimme. Fuhr nach Oberhausen, direkt zum alten Hotel Garni. Hier sollte er die Antwort erhalten. Buddy schaute in den Spiegel in der Ecke – wandte sich zum Gehen! Aber aus dem hintersten Winkel seines Auges sah er etwas anderes – Fremdes – im Spiegel. Als er wieder frontal hinsah, war es verschwunden. Seine Finger zitterten merklich, noch einmal vergewisserte er sich: Nummer 17? Doch er musste nicht hinsehen, er spürte es. Da war ein Geräusch! Er lauschte konzentriert, mit zusammengekniffenen Augen. Nein, da war kein verdächtiges Geräusch, keine Bewegung, niemand. Buddy hatte sich innerlich vorbereitet, gleich würde es soweit sein. Er fühlte sich euphorisch, ein eigenartiges Fieber hatte ihn ergriffen. Er fühlte sich wie kurz vor einem Zeitsprung: Raus aus dieser Welt, rein in eine andere. Da wieder! Ein Geräusch ließ ihn zusammenzucken. Buddys Atem kam stoßweise. Es war dunkel und muffig. Wo war er hier bloß? Alles war verkommen. Ein ideales Versteck für Gestalten mit dunkler Vergangenheit und ohne Zukunft! Für Buddy? Ein Fluchtgefühl umklammerte seine Kehle. Er wollte weg hier, bevor es dunkel wurde. Er ging weiter. Verhaltene Stille, dann wieder das Geräusch, als kämpfe sich jemand durch unbekanntes Terrain. In seine Richtung! War es eine Ratte? Nein, das war kein Tier, das war etwas Größeres. Automatisch duckte er sich. Nein, da war nichts. »Verdammt!« zischte Buddy. Zögernd stolperte er weiter. Da war es: Zimmer Nr. 17. Eine verblichene Tür hing knirschend in den Angeln. Er lauschte angestrengt! Zentimeterweise schob er den Kopf durch die Tür. Spähte! Irgendwo im schwachen Schein des sterbenden Tages glaubt er eine Bewegung auszumachen. Buddy fixierte den Punkt inmitten des Raums. Da war er wieder, ein Schatten, der sich nicht bewegte. Ruhig schwebte er im Raum! Einen Hustenreiz erstickte Buddy noch gerade rechtzeitig mit der Hand. Buddy atmete flach. Was würde passieren? War das das Ende? Ein letzter Rückblick auf eine bessere Welt, dann der Abschied? Kein Weg zurück in die Vergangenheit, nur noch vorwärts in eine ungewisse Zukunft?

»Du bist hier, weil du etwas weißt. Du fühlst es schon dein ganzes Leben lang, es ist wie ein Splitter in deinem Kopf« schlug ihm eine Stimme entgegen. Im alten Sessel saß ein Man mit schwerem schwarzen Ledermantel und Sonnenbrille. Wo hatte ihn Buddy schon einmal gesehen? »Was soll das heißen?« fragte Buddy. »Wieso bin ich hier und wieso können sie über meinen Verstärker mit mir Kontakt aufnehmen? Es ist alles so irreal.« Wieso kam ihm der Dialog nur so bekannt vor? Alles drehte sich und er fühlte nicht einmal den Boden, als er aufschlug.

»Ich hab mich für die Rote entschieden!« Dieser Gedanke schießt Buddy durch den Kopf – wie die Selbstverständlichkeit der aufgehenden Sonne. Mühsam schleppt er sich aus dem Bett. Er hat das Gefühl, aus einem langen Traum erwacht zu sein. Und so ist es! Ist er nun in der Realität angekommen? Lang war er blind – nun kann er sehen: Er hatte Morpheus erkannt und seine Matrix verstanden. Mit trauriger Gewissheit nimmt er Abschied. Streift die Vergangenheit ab wie eine zweite Haut. Hätte er die Blaue nehmen sollen? Nein – viel zu viele leben in der Vergangenheit. Können sich von den Träumen ihrer Jugend nicht trennen:
»Die Revolutionäre von heute sind die Reaktionäre von morgen!«

Dies ist sie also, Buddys Erkenntnis. Es ist alles schon gesagt. Jung sind wir alle Zarathustras Kinder: Die Umwertung aller Werte! Die Welt entsteht immer aufs Neue. Alt werden die Bürger der Zivilisation – nur Helden sterben jung. Das Rad des Lebens – die ewige Wiederkehr des Gleichen. Doch diese Erkenntnis muss jeder selbst gewinnen. Man kann Siddharta lesen. Doch muss man dieses Gefühl selbst erleiden. Jeden Tag aufs Neue. Ähnlich dem Orgasmus. Auch den muss man erleben! Die Vergangenheit bekommt einen Stempel. Wird abgeschlossen. Lieber Generation X als Generation Golf! Doch die Historisierung der eigenen Jugend ist eine Erfahrung, die nicht so leicht zu verdauen ist. Auch die Gegenkultur wird in den Strom der Geschichte eingespeist. Jugendkultur wird Gegenstand der Wissenschaft.

Fragen strömen auf Buddy ein, wie Licht in einem dunklen Raum. War es richtig? Warum nicht die Blaue nehmen? Warum nicht träumen? Was bleibt denn sonst? In der Jugend ist alles zu eng. Im Alter alles zu unsicher. Viele sind zynisch geworden und zynisch scheint die Welt. Wo ist die Neugier der jungen Jahre? Der Wille, die Welt zu verändern? Das Lechzen nach ungelenktem und ungelebtem Leben? Gestaltungsanspruch? Haben viel zu viele abgetreten an Politiker, die sie nicht wählen wollen, weil sie meinen, dass sie nicht ihre Meinung vertreten und doch seien sie alle gleich.
›Wer mit den Wölfen heult, wird selbst zum Wolf!‹
Passives Wahlrecht? Noch nie gehört!
›My way!‹
Jeder ist seinen Weg gegangen. Außer Profi sind noch alle dabei: Rudi, Bumsen und Buddy. Von einer Karriere als Rockstar träumen sie schon lange nicht mehr. In der Musik sind sie wie eine alte Thekenmannschaft: Musik zum Zeitvertreib und Spaß!

Nach dem Morgen kommt der Mittag. Es geht weiter, und Buddys Wahrheit ist diese: Es gibt sie nicht, die blaue oder die rote Pille. Zum realen Leben gehört der irreale Traum. Zwei Seiten einer Medaille. Wo Licht ist, ist auch Schatten. Das Denken in Antagonismen ist überwunden. Ausnahmen bestätigen die Regel.
Das Sein bestimmt das Bewusstsein, und am Anfang jeder Bewegung steht die Idee. Die Tür zur Vergangenheit steht immer offen. Der Steinbruch

der Erinnerung. Jeden Tag anders. Das eigene Leben immer neu erfinden!
Das Buch zum Leben, das Leben zum Film.

›*Zwei Seelen wohnen, ach! in meiner Brust.*‹

Und weder ist der Sinn des Lebens Reproduktion noch alle Kultur Trieb-sublimierung. Die Wahrheit liegt nicht in der Mitte, sondern schwebt souverän und unfassbar darüber.

›*Anything goes!*‹

Nichts ist verboten, alles ist wahr!

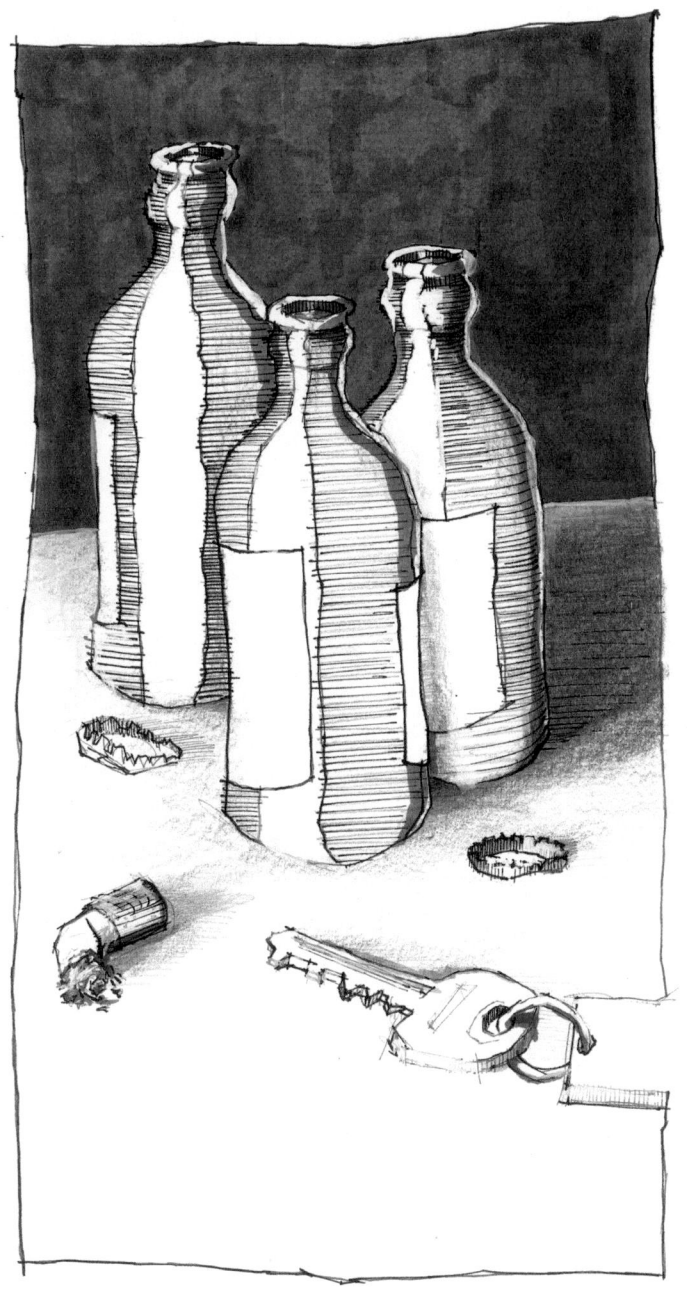

Auswärtsspiel

von Stefan Lüttgens

Im Rückspiegel blitzte das Fernlicht eines Fahrzeugs auf. Der Wagen näherte sich mit hoher Geschwindigkeit. Widerwillig wechselte Florian Weber von der Überholspur auf die rechte Fahrbahnseite. Der Mercedes rauschte an ihm vorbei. Eine Wasserfontäne klatschte gegen seine Windschutzscheibe. »Vollidiot. Denkst wohl, Du hättest die Autobahn für dich alleine gepachtet«, fluchte er. Seit Stunden hatte es geregnet. Die Scheibenwischer konnten nur mit Mühe, die Wassermassen von der Frontscheibe fegen. Das Regenwetter hatte seinen Zeitplan durcheinander gewirbelt. Er wollte heute Abend bereits gegen acht Uhr im Hotel Garni sein. Doch der Regen ließ kein schnelleres Autofahren zu. Mit Tempo neunzig schlich er über die Autobahn Richtung Ruhrgebiet. Langsam brach die Dämmerung herein. Er spürte, wie die Müdigkeit in ihm hoch kroch. Seine Augenlider wurden schwer. Er drehte das Radio lauter. Ein Vorbericht über das Fußballspiel am heutigen Abend dröhnte über den Lautsprecher. »Borussia gegen die Königsblauen. Für das Revierderby werden 40.000 Zuschauer erwartet«, tönte es aus dem Autoradio. Vorfreude machte sich bei Weber breit. Hier im Ruhrgebiet ist Fussball eine wahre Leidenschaft. Die Begegnung beider Mannschaften versprach ein spannendes Spiel. Für beide Teams ging es um die Ehre und die Vormachtstellung im Revier. Die Fans beider Teams pflegten eine tiefe Abneigung für das gegnerische Team. Die Feindschaft der Fans war schon legendär. Mit normalem Menschenverstand war das nicht mehr zu erklären, sondern eher mit einer fast religiösen Huldigung des eigenen Vereins. Weber versuchte sich wach zu halten und lauschte dem Kommentator. »...für Schalke wird es heute ein ganz schweres Spiel. Gleich zwei Stammspieler sind verletzt. Trotzdem verspricht die Begegnung wieder ein mitreißendes Spiel zu werden.«

Der Sportbericht im Radio endete. Er drehte den Sendersuchlauf, um sich mit ein wenig Musik zu entspannen. »Time is on my side« von den Rolling Stones schallte aus dem Radio. Er trommelt zum Takt der Musik mit seinen Fingern aufs Lenkrad. Leise summte er ein paar Strophen des Liedes mit. Weber zog eine Zigarette aus der Schachtel auf dem Beifahrersitz.

Tastete im Dunkeln nach seinem Feuerzeug und zündete sich eine Zigarette an. In der Entfernung waren bereits die Umrisse der Zechen und Hochöfen zu sehen. Durch den Regen und die einbrechende Dunkelheit waren die Dinosaurier der Schwerindustrie nur noch schemenhaft zu erkennen. Die Industriekulisse faszinierte ihn immer wieder von Neuem. Sie hatte etwas Mysteriöses und Imposantes zugleich. Vor Jahren hatte er dem Ruhrgebiet den Rücken gekehrt und einen Job als Sportreporter angenommen. Seitdem kehrte er nur noch gelegentlich ins Ruhrgebiet zurück, um über Sportereignisse zu berichten. Gegen Abend wollte er im Hotel Garni sein. Dort hatte er ein Zimmer für sich reserviert.

Er drückte aufs Gaspedal und beschleunigte seinen alten Ford Taunus. Er hatte sich vorgenommen, zeitig im Hotel anzukommen, um seinen Sportbericht vorzubereiten. Er rief sich noch einmal die mögliche Mannschaftsaufstellung der beiden Fußballmannschaften ins Gedächtnis. Wenn ihm ein wenig Zeit blieb, konnte er sich noch die Vorberichte der lokalen Tageszeitungen ansehen. Danach wollte er noch die Gelegenheit zu einem Drink nutzen. Nach einigen Kilometern nahm er die Autobahnausfahrt, drosselte die Geschwindigkeit und steuerte seinen Ford sanft in die Kurve. Der Regen hatte langsam nachgelassen. Auf dem Weg zum Hotel fuhr er an riesigen Kühltürmen eines Stahlwerks vorbei. Das Kühlwasser rauschte an den Außenwänden des Kühlturms herab und spritzte bis auf die Fahrbahn. Er lauschte dem ohrenbetäubenden Lärm der Wassermassen. Von weitem sah er bereits die defekte Außenbeleuchtung des Hotels schimmern. Er steuerte auf das Hotel zu. Je näher er kam, desto düsterer wirkte es. In den Wasserpfützen spiegelte sich die Außenbeleuchtung. Trostlos, ja fast verfallen, kam ihm das Hotel vor, das zwischen zwei riesigen Industrieanlagen noch seinen Platz behauptete. An der nahegelegen Eisenbahnstation hielten nur noch selten Personenzüge. Meistens donnerten hier die Güterwagons zu den Stahlwerken vorbei, die einen nachts aus dem Schlaf rissen.

Im Hotel Garni stiegen meist Industriearbeiter aus dem Stahlwerk ab oder Leute auf der Durchreise. Dubiose Gestalten, die eine einfache Unterkunft suchten. Er erinnerte sich an seinen letzten Aufenthalt und diesen kauzigen Hotelportier. Ein mulmiges Gefühl machte sich bei ihm bemerkbar. Damals war ein Hotelgast von einem Güterzug tödlich erfasst worden. Man munkelte, dass sich der Tote beim nächtlichen Glücksspiel um Kopf und Kragen gespielt und sich in seiner Verzweiflung vor einen Güterzug geworfen hatte. Die Todesursache war jedoch nie genau geklärt worden. Das Hotel Garni war dafür bekannt, dass sich im Hinterzimmer die Hotelgäste zum Glücksspiel trafen. Nicht selten verspielten hier ehrbare Arbeiter ihren mühsam erarbeiteten Lohn.

Er parkte seinen Wagen vor dem Hotel und ging mit ruhigen Schritten auf den Hoteleingang zu. In seiner linken Hand trug er seine alte Reiseschreibmaschine. Er durchschritt den Hoteleingang. Aus der Jukebox drang Jazzmusik in seine Ohren. Der Portier hinter der Rezeption hob missmutig den Kopf. Er wirkte ein wenig überrascht. Die graublauen Augen des älteren Mannes musterten ihn eindringlich. Die hohen Wangenknochen und die tiefliegenden Augen unterstrichen die Strenge im Gesicht des Hotelportiers.

»'n Abend. Weber mein Name. Ich hatte für heute ein Zimmer reserviert.«

»Für eine Nacht?«

»Ja. Für eine Nacht.«

»Wenn Sie sich hier eintragen? Name, Adresse und Unterschrift.«

Weber trug sich ins Gästebuch ein. Der Portier reichte ihm den Zimmerschlüssel.

»Zimmer sieben. Einen angenehmen Aufenthalt im Hotel Garni.«

»Danke. War bisher immer zufrieden mit dem Service,« entgegnete Weber. Er durchquerte die Hotelhalle. Seit dem letzten Mal hatte sich nichts verändert. Die spartanische Ausstattung. Das düstere Licht im Foyer. Der alte Kronleuchter versuchte, mit seinem schummrigen Schein die dunklen Ecken zu erhellen. Es war ein preiswertes Hotel. Manche würden auch billige Absteige sagen. Aber für seine Ansprüche reichte es. Länger als ein oder zwei Nächte blieb er meist nie. Die Fußdielen knarrten unter seinen Schritten. Sein Hotelzimmer lag in der Mitte des Flurs im ersten Stock. Die Türnummerierung war bereits abgefallen. Lediglich an dem dunklen Ziffernabdruck auf der Tür erkannte man noch die Zimmernummer. Da wären wir also, dachte er erleichtert. Er steckte den Schlüssel ins Türschloss.

Zu seinem Erstaunen gab die Zimmertür nach. Sie war geöffnet. Er drückte leicht gegen die Tür und schob sie nach innen. Ein kalter Wind schlug ihm entgegen. Er fröstelte. Das Zimmer war dunkel.»Hallo?«, rief Weber vorsichtig in die Dunkelheit. Er vernahm leise Stimmen. Er suchte verzweifelt den Lichtschalter. Endlich. Hastig schaltete er das Licht an. Das Hotelzimmer erhellte sich. Der Gardinenvorhang am Fenster gegenüber wirbelte durch einen Windzug hoch. Merkwürdig, jemand hatte vergessen, die Tür und das Fenster zu schließen, schoss es ihm durch den Kopf. Er trat einen Schritt in den kurzen Zimmerflur. Überrascht sah er auf den Boden. Vor seinen Füßen lagen einige Kleidungsstücke verteilt. Er trat einen weiteren Schritt vor. Die leisen Stimmen rührten vom Radio, das noch lief. Vielleicht hatte ihm der Hotelportier den falschen Zimmerschlüssel mitgegeben, dachte er. Er wollte sich gerade umdrehen und wieder zurückgehen, da erblickte er, am Boden hinter der Bettkante ein paar Schuhe. Neugierig ging er darauf zu. Der Anblick, der sich ihm bot, ließ ihn zur Salzsäule erstarren. Neben dem Bett lag ein Mann, der mit weit aufgerissenem Mund an die Decke starrte. Weber fuhr zusammen. Ein kalter Schauer lief ihm über den Rücken. Seine Knie wurden weich. Für den Mann kam jede Hilfe zu spät. Um den Hals des Toten war ein Seidenstrumpf geknotet. In panischer Angst stürzte er aus dem Zimmer und lief zur Rezeption. Völlig außer Atem hastete er auf den Hotelportier zu, der ihn entgeistert ansah.

»Verständigen sie sofort die Polizei. Auf meinem Zimmer liegt ein Toter.«

»Ein Toter?« hörte er die ungläubige Stimme des Hotelportiers.

»Ja, ein Toter. Ich mache keine Scherze. Sehen sie im Hotelzimmer selbst nach, wenn Sie es nicht glauben.«

»Nun mal langsam. Nicht gleich verrückt spielen. Ich werde mal nachschauen,« entgegnete im der mysteriöse Portier auffällig unbeeindruckt. Weber wartete an der Rezeption während sich der Hotelportier vergewisserte. Mit stoischem Gleichmut kam der Hotelportier zurück.

»Fürchte, da kann man nix mehr machen. Dem hat's eindeutig die Sprache verschlagen«, scherzte der Portier kühl.

»Ach was. Das ist ja eine tolle Erkenntnis.«

Weber wurde allmählich nervös. Die Behäbigkeit des Portiers brachte ihn auf die Palme.

»Ja, worauf warten sie noch. Verständigen sie die Polizei«, schrie Weber ihn an.»Schon gut. Schon gut. Nun machen sie sich mal nicht ins Hemd.«

Der Portier griff gemächlich zum Telefonhörer und wählte in aller Seelenruhe die Telefonnummer der Polizei.

Kriminalkommissar van Daalen bog mit seinem Dienstwagen auf die Straße zum Hotel Garni. In der Ferne sah er schon die Blaulichter der Polizeifahrzeuge durch die Dunkelheit aufleuchten. Assistent Lindowsky, hatte bereits vor ihm den Tatort erreicht und begrüßte ihn mit einem sorgenvollen Blick.

»'n Abend Kommissar. Tut mir leid, dass ich Sie nicht mit einer besseren Nachricht informieren konnte.«

»Schon gut,« entgegnete Kommissar van Daalen. »Gibt`s irgendwelche Erkenntnisse seit ihrem Anruf?«

»Ein etwa 30jähriger Mann ist im Hotelzimmer tot aufgefunden worden. Gegen halb acht entdecke ein Hotelgast den Toten auf seinem Hotelzimmer. Vermutlich hat der Portier dem Hotelgast einen falschen Zimmerschlüssel ausgehändigt. Ohne den vertauschten Zimmerschlüssel wäre der Tote wahrscheinlich nicht sofort entdeckt worden«, gab Lindowsky zu Bedenken.

»Ein Versehen des Portiers?«

»Schon möglich. Ob gewollt oder ungewollt, müssen wir feststellen.«

»Hmm. Komischer Zufall. Habt ihr die Personalien der Hotelgäste aufgenommen?«

»Ist schon erledigt. Eine Frau und zwei Arbeiter waren im Hotel als der Tote gefunden wurde. Als weitere Personen sind noch der Portier sowie der Sportreporter anwesend gewesen, der den Toten gefunden hat«, antwortete Lindowsky.

»Haben Sie die Hotelgäste bereits vernommen?« wollte van Daalen wissen.

»Ja, die beiden Arbeiter und die Frau habe ich vernommen. Sie schienen von dem Vorfall überrascht. Die beiden kommen meiner Meinung nach nicht als Täter in Frage. Es war nichts Verdächtiges in ihren Aussagen. Auch die Frau scheint nichts besonderes bemerkt zu haben. Helfen konnten uns die Hotelgäste bisher nicht. Weder gibt es eine Spur zu einem möglichen Täter noch zu irgendwelchen auffälligen Vorkommnissen.«

»Gibt es Hinweise auf die Todesursache?«, fragte Kommissar van Dalen.

»Es sieht auf den ersten Blick so aus, als wäre das Opfer mit einem Seidenstrumpf erdrosselt worden. Außerdem haben wir eine leere Flasche Wein neben dem Toten gefunden«, berichtete Lindowsky.

Kommissar van Daalen runzelte nachdenklich die Stirn. Tiefe Sorgenfalten gruben sich in sein Gesicht.

»Können wir schon einige Aussagen über die Person des Opfers machen?«

Lindowsky schüttelte den Kopf. »Leider nein. Außer, dass es sich um einen Handelsvertreter aus Westfalen handelt. Mehr geht aus der Eintragung im Gästebuch nicht hervor. Vielleicht können uns die Kollegen vom Kommissariat weiterhelfen und noch einiges herausbekommen«, gab sich Lindowsky optimistisch.

»Gut. Dann fassen Sie mal nach. Und verständigen Sie die Angehörigen des Toten. Ich werde mir einmal den Sportreporter vornehmen, der den Toten gefunden hat und danach den Portier.«

»In Ordnung Kommissar. Ich habe beiden gesagt, dass sie sich noch ein wenig Zeit für sie nehmen sollen.«

»Danke.«

Lindowsky verabschiedete sich.

Van Daalen blieb im Hotelzimmer stehen und sah sich um. Das Fenster war noch geöffnet. Ein möglicher Hinweis auf den Fluchtweg? Er beugte sich nach vorne und sah aus dem Fenster. Ein frischer Wind wehte ihm um die Nase. Unter dem Fenster war das Vordach des Hoteleingangs. Für den Täter also kein Problem hier aus dem Zimmer zu fliehen. Doch ist der Täter wirklich durch das Fenster entflohen? Van Daalen war skeptisch. Er zündete sich eine Zigarette an und blickt aus dem Fenster in die kalte Nacht. Die Umrisse der Industrieanlagen warfen finstere Schatten. Signallampen leuchteten von dem Stahlwerk herüber.

Vielleicht hat sich der Täter auch des Zimmerschlüssels bedient und ihn bei der Flucht durch das Hotel wieder an das Schlüsselbrett gehängt. Möglich wäre es, sofern der Hotelportier nicht ständig an seinem Platz gewesen ist. Er nahm sich vor, den Portier danach zu fragen. Er wollte heraus bekommen, ob er die Schlüssel ständig im Auge behalten hat. Aber vielleicht kam auch der Portier als Täter selbst in Frage. Der Kommissar sah sich den Toten noch einmal an. Auf dem Nachttisch standen ein Flasche Wein und zwei Gläser. Ein möglicher Hinweis darauf, dass das Opfer den Täter gekannt und mit dem Mörder vorher die Flasche Wein geleert hatte. Nach dem Weinkonsum war das Opfer vielleicht zu betrunken, um sich zu wehren. Vielleicht befand sich auch noch ein Schlafmittel in dem Wein, um die Gegenwehr des Opfers zu schwächen. Ob das Opfer aus Rache getötet wurde? Oder Ist jemandem einfach die Sicherung durchgebrannt? Es war still im Zimmer. Nur von der Hotelhalle drangen Wortfetzen zu ihm hoch. Mit seinen Gedanken ging van Daalen aus dem Zimmer, um den Portier und den Reporter zu befragen.

Florian Weber fühlte sich niedergeschlagen nach dem Verhör durch den Kommissar. Er ging zur Hotelbar und bestellte sich einen doppelten Whisky. Leichte Jazzmusik klang aus den Lautsprechern und vertrieb die Stille. Seine Gedanken kreisten immer noch um den Toten auf dem Zimmer. Er starrte in das Whiskyglas und drehte es im Licht der Barbeleuchtung. Das Fußballspiel konnte er heute Abend vergessen. Er musste morgen früh sofort die Redaktion anrufen und sie darüber informieren, dass der geplante Artikel nicht geschrieben werden konnte. Schade. Auf das Fußballspiel hatte er sich gefreut. Diese Kulisse, diese Atmosphäre. Es hatte ihn immer sehr beeindruckt. Aber nun war einfach keine Zeit mehr, um ins Stadion zu gelangen. Die zweite Halbzeit hatte schon lange begonnen.

»Ist neben ihnen noch frei?« Eine Frauenstimme weckte ihn aus seinen Gedanken. Er blickte neben sich und sah in die tiefblauen Augen einer blonden Frau, die ihn anlächelte.

»Ja, ja. Natürlich.« sagte er entschuldigend.

»Danke.« Die Frau nahm auf dem Barhocker Platz und holte eine Zigarette aus ihrer Handtasche. Weber bot ihr Feuer an.

Sie nahm einen tiefen Zigarettenzug.

»Sie sehen nachdenklich aus.«

»Ich habe gerade ein wenig gegrübelt. Mir geht die Sache mit dem Toten auf dem Hotelzimmer nicht aus dem Kopf.«

»Überlegen Sie, wie es passiert sein könnte und wer der Täter sein mag?«

»Ja, schon. Ich muss das erst einmal verarbeiten und ein wenig abschalten. Der Anblick des Toten hat mich schon schockiert. Auf mich hat der Hotelportier so einen komischen Eindruck gemacht. Aber lassen sie uns von etwas anderem reden«, schlug Weber vor.

Was verschlägt eine Frau wie sie in diese Gegend? Die wenigsten Hotelgäste kommen freiwillig in dieses Hotel.«

»Ich besuche einen ehemaligen Bekannten hier in der Stadt. Ich bin auch heute erst angekommen. Außerdem wollte ich von zu Hause weg. Einfach raus. Ehrlich gesagt, ich hab's nicht mehr ausgehalten. Aber sie haben recht, ungewöhnlich ist es schon, dass ich hier übernachte«, entgegnete sie.

Weber nahm einen tiefen Schluck aus seinem Glas. So langsam spürte er den Alkohol. Er zündete sich eine weitere Roth-Händle an.

»Was halten Sie davon, wenn wir das Lokal wechseln? Nach dem Mordvorfall brauche ich ein wenig Tapetenwechsel und muß auf andere Gedanken kommen.«

»Einverstanden. Ich könnte auch ein wenig Abwechslung gebrauchen.« Sie blickte ihn mit einem kurzen Lächeln an.

»Ich kenne ein Lokal ganz hier in der Nähe,« schlug er vor.

»Ja. Warum nicht?«

Sie sprach angespannt, ein wenig Trauer klang in ihrer Stimme. Er half ihr in ihren Mantel und begleitete sie zum Hotelausgang. Er öffnete die Hoteltür. Der kalte Wind blies ihnen ins Gesicht. Er nahm sich vor, nichts mehr von dem Mordfall zu erwähnen, um die Stimmung des Abends nicht zu verderben. Schließlich gibt es ja auch ein Leben nach dem Tod dachte er.

Ein dumpfes Türgeräusch riss Florian Weber aus seinem Schlaf. Draußen klackerte der Dieselmotor eines alten Mercedes. Schlaftrunken richtete er sich auf und blickte auf seine Uhr. Kurz vor halb acht. Er blickte zum Fenster. In der Dämmerung sah er, wie eine Person mit hellem Mantel in ein Taxi stieg. Der Mantel kam ihm bekannt vor. Der Wagen entfernte sich langsam vom Hotel. Das Bett neben ihm war zerwühlt. Er versuchte die letzte Nacht zu rekonstruieren. So langsam kam in ihm die Erinnerung hoch. Er hatte die blonde Frau gegen Abend an der Hotelbar getroffen und sich mit ihr unterhalten. Danach waren sie noch in einem Lokal in der Nähe gewesen. Sie hatten sich über vieles angeregt unterhalten. Sie waren sich näher gekommen. Er erinnerte sich, dass sie ihm von ihrem Mann erzählt hatte. Dabei erschien sie ihm wie eine enttäuschte Frau, die kein gutes Haar an ihrem Mann ließ. Ja, zeitweise hatte sie sogar ein gefährliches Blitzen in den Augen. Doch die Erinnerung an gestern Abend verschwamm. Es mussten doch einige Whisky zuviel gewesen sein. Unschlüssig schaute er sich im Hotelzimmer um. Auf einem Stuhl entdeckte er ein Kleidungsstück, dass nicht ihm gehörte. Er nahm den schwarzen Seidenstrumpf von der Stuhllehne. Nachdenklich ließ er den

Strumpf durch seine Hände gleiten. So langsam dämmerte ihm, dass er dem Mörder des Hotelgastes ganz nah gewesen war. Er fasste den Entschluss, Kommissar van Daalen anzurufen.

Der Radiowecker auf dem Nachttisch neben ihm sprang an. In den Morgennachrichten wurde gemeldet, dass das gestrige Spiel 6:1 für Schalke ausgegangen war.

Stoffwechsel

von Gundula Kuhlbrock

Ich war nervös, meine Haut rötlich gefärbt vom ständigen Kratzen. Um mich zu beruhigen hatte ich schon früh angefangen zu trinken. Ich lief im Auto-Modus, mir wurde nur langsam bewusst, dass ich jetzt schon zum siebten Mal den DAB-Zapfhahn polierte. Nachdenklich betrachtete ich das gebrochene Rückgrat einer Orangenscheibe, die am Rande eines lippenstiftverschmierten Longdrinkglases antrocknete. Ich versuchte mich von dem Anblick zu lösen, der Thekendienst war mir verhasst. Thomas erlangte meine Aufmerksamkeit. Er kam gerade die Treppe herunter gestampft, seinen frisch hochgestellten grünen Irokesen einem Kampfhahn gleich zur Schau stellend. Schnurstracks ging er auf seinen Kollegen zu, der sich auf einem der Sofas im Hotelfoyer herumlümmelte.

»Hallo wie geht's dir?«, begrüßte er seinen wartenden Kumpel.
»Besser«, antwortete der.«
»Besser? Ist doch gut.«
»Stimmt, ist super, dass es mir besser geht.«
»Ja. Gut, dass es dir besser geht, Meister.«

Am Anfang stand das Wort. Da war ich mir sicher. Danach müsste Gott aber gleich so etwas wie den Satz mit Sinngehalt geschaffen haben, ohne den Wörter nur Gestammel sind. Satz nannte er dann die ordentliche Form, in die hingestammelte Wörter gebracht werden um verstanden zu werden. Das hier ging entschieden zu weit. Irgendwie war der Schwachsinn in Oberhausen ausgebrochen und ich wusste von keiner neuen Designerdroge, die dies bewirkt haben könnte. Aber wieso musste man mir all diese geistig umnachteten Absteiger ins Haus schicken?

Die beiden waren seit vorgestern eingecheckt. Sie hatten das Ramones-Konzert im *Musik Circus Ruhr* besucht und waren stockbesoffen gegen Morgen eingelaufen. Typ Loser. Sie gehörten zu den Menschen, die, sagen wir mal einen dicken Bierbauch haben, gern Bier trinken und die von sich und wohlgeformten Spitzensportlern als »wir« sprechen. Sie verspritzen Sekt bei Siegen von Leuten, mit denen sie genaugenommen nichts zu tun haben. Diese beiden Exemplare sahen sich selbst als Avantgarde einer ab-gehalfterten, weil etablierten Mainstream-Subkultur – ohne auch nur ein Instrument zu spielen. Ihre Heroen waren Punkbands, die sie eigentlich nur verarschten und ihnen gemäß der Regeln eines Diplomanden-Marke-tingkurses mit allem möglichen Nippes, wie Buttons, T-Shirts, Postern, Biographien und Konzertfotos die Kohle aus der Tasche zogen.

Mir war klar, dass die beiden Punks mir tierisch auf den Sack gehen wür-den, dennoch, ich begann mich in ihrer Gesellschaft besser zu fühlen, wie ein Siegertyp, die vage Stimmung der Gefährdung durch mein eigenes Scheitern verblasste, diese Solonummer wollte ich mir nicht entgehen lassen. Das war praktizierter Selbstexorzismus. Selbstgefällig winkte ich sie der Mitleidsetikette entsprechend heran, lud sie zu einem Bier ein. Sie trotteten wie Schafe zu mir herüber.

»Hey, Rüdiger, hast du gewusst, dass der Joey schwul ist?«, begann Tho-mas mich vollzuquatschen.
»Was?«
»Was wollte mir dieser Volltrottel sagen?«
»Der Joey ist schwul.«
»Was erzählst du jetzt da für eine Scheiße, Alter?«
»Ja, der Joey ist schwul.« Langsam begann ich zu kombinieren: Ramones-Konzert, Joey, Joey Ramone. Der Typ versuchte mir zu verklickern, dass Joey Ramone schwul ist? »Ach, das ist doch vollkommener Dünnschiss, wo hast du den Scheiß denn her?«
»Also, tut mir Leid, das weiß doch jeder, oder Andreas?« Er starrte Unter-stützung erheischend auf seinen Freund. »Wusstest du das nicht?«
»Ach sonn` Quatsch, hast de das im Prinz oder inner Bild gelesen oder was?«
»Quatsch, Bild.«
»Oh Mann, schon mal nen schwulen Punk gesehen, der wild fickend durch die Gegend rennt? Seit wann? Schwule haben doch Stil und Klasse.«
»Der ist aber trotzdem schwul.«
»Ach wenn ich sonne Scheiße hör. Also jetzt mal ohne Scheiß hier, haste mal en Text von denen angehört?« Jetzt spielte ich die Intellektuellenkarte aus. »Und verstanden? Da geht`s nur um Frauen, Alter. Joey und schwul. Somebody put something in your drink!«

»Ja, super, trotzdem.«

»Ist der vollkommene Quatsch, hast de Rock'n' Roll High School gesehen? Sind doch nur so hinter den Röcken hergerannt. So 'n Film, würden Schwule so nich machen.«

»Kann ich doch auch nichts für. Chicks find ich ja auch toll, aber was soll ich machen.«

»Also ich kenn die Ramones schon, da habt ihr noch in die Windeln geschissen...«

»Ja, ich find die doch auch toll. Aber...

Ich konnte mich nicht abregen: »Der Joey und schwul. Das ist das erste Mal das ich so 'n Scheiß hör.«

»Na und, der ist nun mal schwul, kann ich doch nichts für, dass es so ist. Weißt du, der war mal mit diesem Formel Eins Fuzzi-Moderator, Ingolf, mmh, Lückmann oder so, zusammen? Nach 'nem Konzert in Köln.«

Ich stand kurz vor einem Ausbruch. »Also ist der Lück auch schwul?«

»Ja, das weiß ich jetzt nicht, ich weiß nur, dass die beiden mal gepoppt haben sollen.«

Ich strich die Segel, das hier führte zu nichts. Wenn man keine Ahnung hat, einfach mal Fresse halten! Wenn das Leben eine Art von Sinnsuche ist, hatten die sich ihren eigenen Sinn geschaffen. Und der verschloss sich mir. Andererseits, die beiden waren nun mal gerade hier und ich musste noch einiges an Zeit bis zum Schichtwechsel ertragen. Ich sah auf meine Uhr, ein Seufzer entrann mir. In selbstsüchtiger Bescheidenheit grub ich aus den Tiefen der alkoholischen Vorräte die Flasche Tequila mit Wurm. Den wollte sonst sowieso keiner trinken.

Wir begannen mit vorpubertären Trinkspielen, ich klinkte mein Hirn aus. Andere Gäste waren weit und breit nicht zu sehen. Die beiden waren mir zwar suspekt aber ich zog trotzdem mit. Wir hatten schon einige Zeit gespielt, ich natürlich auf der Gewinnerstraße, gerade ausnüchternd, als ich ein Spiel verlor und das halbe Wasserglas gefüllt mit Tequila und dem Wurm zu trinken hatte. Ich ekelte mich ein wenig vor dem Wurm, ging erst einmal zur Toilette, während die beiden versuchten den Wurm der Flasche zu entreißen. So konnte ich ihre hämischen kleinen Rattengesichter nicht sehen, als sich die kleine blaue Tablette am Boden des Glases langsam auflöste. Als ich zurückkam, grinsten sie mich an und hielten mir das Glas hin.

»Ist das der Aufstand der Geschlagenen?«

Sie grinsten weiter. Ich betrachtete ihren, auf mich gerichteten Hyänen-blick. Ich nahm das Glas und kippte mir den Inhalt in die Kehle. Es schmeckte scheußlich... Ich musste was essen, ich hatte fettesten Belag in der Kehle.

»Jungs, ich spendier' ne Runde Bounty.«

Ich stand auf, ging Richtung Küche, als der Wurm mir vor meinem in-neren Auge erschien. Ich fühlte wie er mich unter die Oberfläche zog, ich glitt ab. Verzweifelt versuchte ich mich an der Kühlschranktüre festzu-krallen. Sie öffnete sich, ich begann FERN-ZU-SEHEN.

Meine Augen führten ein Eigenleben, bewegten sich langsam aus ihrem Hangar, tiefer in den Kühlschrank hinein. Der Fleischsalat erregte ihre Aufmerksamkeit. Die Plastikverpackung war geöffnet. Ich wurde beob-achtet. BEOBACHTET, von einem traurig dreinblickenden Schwein-sauge, das hinter einem länglichen Stück Gurke neugierig hervorlugte. REGEN, es regnete Mayonnaisentränen. Plötzlich quoll der Fleischsalat über, die Verpackung schien zur Brutstätte zu werden, verdorbener Fleisch-salat ohne Ende strömte, auf einem Fließband transportiert, auf mich zu. DENKSTROM. Ich musste etwas bewegen, AKTION, panikartig griff ich nach leeren Plastikdöschen neben mir, VERPACKEN, versuchte verzweifelt Päckchen auf Päckchen zu befüllen, Päckchen auf Päckchen, ORDNEN, ich packte Päckchen in Schubladen, es wurden zu viele, Päck-chen, Schubladen, ich geriet aus dem Takt, welchen ein Metronom, in der Tiefe des Kühlschrankes diktierte. Ich schuftete härter, verpackte die Päckchen in Schubladen, Schränke, Lager, AKKORD, feinsäuberlich geordnet, ich kam nicht nach, SCHULD, war wie paralysiert, ich wurde von einer Lawine aus Fleischsalat mitgerissen, angestarrt von Schweine-augen, die jetzt überall waren und mir Vorhaltungen machten, so viele Augen, LEER...

ENTKOMMEN, ich suchte nach Halt, verzweifelt riss ich die innere Seitenverkleidung des Kühlschranks auf, nur entkommen, ich lugte über die abgerissene Metallkante, nicht darauf vorbereitet, was ich jetzt zu sehen bekam. Ein maschinenhafter Eselskopf grinste mir entgegen, ein krawattierter, oben auf ihm sitzender, kopfloser Geier drehte mir seinen Schnabel zu, mürrisch »Fantissimo« schreiend. Durch den Riss kroch eine Armee von Ameisen auf meine Hand. Die kleinen Dinger machten mich echt kribbelig, ich versuchte sie wegzuschlagen, bewegte mich zu hastig. BLUT, Metallzähne der Kante bissen in meine Stirn. Blut quoll aus der Stirn, GEHIRNBLUTUNG. Ich besah mir das rote, neue Universum.

Der Kopf gehörte zu einem komplett entkernten Eselkadaver, ER, der von einem Lederseil in der Seitenwand gehalten wurde, nach oben gerichtet, die Mähne sauber zurückgekämmt, der Schweif am Boden prächtig ausgebreitet wie Federn eines Pfaus. Aus den Augenhöhlen stachen biomorphe Drähte hervor, außen und innen, der Körper mit auf Platinen gelötete Motherboards und Prozessoren durchzogen, aufgeschnitten, entblößte Kondensatoren, blinkende Dioden, Sicherungen, Transistoren, Ethernetkarten vernetzt mit Festplatten, fellige Mobiltechnologie, die fröhlich grün vor sich hinblühte. GIB NIEMALS ETWAS UMSONST HER.

Auf dem Boden lag das überdimensionierte Foto eines Großraumbüros. Ich hob es an, darunter verborgen abgenagte und von der Sonne gebleichte Eselsknochen. GIB NIEMALS MEHR ALS DU GEBEN MUSST. Ein Knochen bewegte sich, marionettenhaft vom Pfeil einer Maus navigiert...
Der Knochen doppelklickte auf einen Einsteinbutton und ein Pop Up Window öffnete sich:»Error 911: Bedrohung durch die Wirklichkeit, bitte wenden Sie sich an ihren System-Administrator.«
Lauthals schrie ich in das Fenster hinein:»Man weiß zwar immer mehr, versteht aber immer weniger.« Aus dem Fenstersims sprang ein verknöcherter Hund mit Frauenkopf hervor – NEIN – es war kein Hund, nur eine hündisch anmutende Frau, geborgtes Fleisch, der gesamte Oberkörper mit Natodraht umwickelt, kleine Blutspritzer besprenkelten ihr Kleid, WISSEND, ihr Kopf rotierender Kreisel, DREHEN, immer schneller, SCHNELLER. Halt. Sie wusste alles, alles über Form, Hüllen, aber nichts über SUBSTANZ, Inhalt! Das Fleisch fiel von ihr. Fetzen zerstoben. KAUF DICH VOM SKELETT LOS!

Nur noch ein Skelett blieb. TANZEN, ein tänzerisch aufgerichtetes Skelett, welches sich kopfüber in eine orange-grüne Soße stürzte, die ein Elefant, mit einem Stierkopf auf langem Rüssel, gleichmäßig verrührte, mit einer funkelnden MR 400 Kettensäge der Marke Zewa Wisch & Weg.

WIEDERAUFERSTEHEN. Auftauchen, befreit, die Arme weit von sich gestreckt, auf einen mauerhaft aufragenden purpurblauen Horizont zuspringend, Farbräume wie Meere spritzen auf, *ABSTOSSEN*, um dann im nächsten Augenblick mit einem gekonnten Ballettsprung, ein Bein im rechten Winkel abgespreizt, das andere lang gestreckt, dem Gelb der aufgehenden Sonne entgegen zu schweben. *IRRITATION*. Aus diesem Gelb flog etwas auf mich zu. *NAHSICHT*, ein abgenagter blutiger Hähnchenflügel. Tropfen, Bomben. Er nahm mich ins Visier, konfigurierte zwei an den Flügeln hängende Raketen, Abschuss, Einschlag, *KAPITULATION*, Verdienstorden – expressiert öffnete ich die Augen.

Langsam tastete ich mich entlang, auf dem schmalen Grat der Wahrnehmung, ich verspürte eine klaffende Bewusstseinslücke. Ich lag auf dem Boden vor dem umgekippten Kühlschrank, der gesamte Inhalt um mich verstreut, Fleischsalat überall. Elektrogeräte schlangen sich um meine Beine, der Abfalleimer war umgeschmissen. Ich stank nach Fäulnis. Was war hier geschehen?

Die Hilfsenergie war wieder verfügbar. Ich fühlte mich schwindelig und schlecht, ich stand auf, schwankte Richtung Theke, versuchte, mich zu erinnern. Die beiden Punks waren weg, es war tiefe Nacht. Da sah ich den rot aufgesprühten Schriftzug an der Wand über der Hotelkasse: »Erzähl den Verlierern vom Ende der Sieger.« Mit einem Mal fühlte ich mich wie eine ausgelutschte Orange. Ein Opfer der Verhältnisse. Die Hotelkasse schoss es mir durch den Kopf. Leer.

Scheiße...

»Hotel Europa«

von Dominic Mc Vey

»In einer Stunde komm ich hier wieder vorbei«, sagte der Fahrer. Dann drückte er auf das Gaspedal und verschwand mit seinem gelben Bus hinter der nächsten Ecke. Außer mir war niemand ausgestiegen. Und so stand ich nun allein vor einem schmierigen Plexiglashäuschen. Reste einer Zigarettenwerbung hingen an den Scheiben. Der Fahrplan war mit Graffiti übermalt. Und auf den beiden gelben Plastiksitzen klebten Kaugummireste. Ansonsten hatte die Zeit hier nur wenige Spuren hinterlassen. Die kleinen, schwarzen Backsteinhäuser standen noch immer in Reih und Glied. Ebenso wie die alten Birken, die sich im Abstand von etwa zehn Schritten in den Bürgersteig rammten. Ihre Wipfel ragten jetzt bis über die Dächer der Siedlung. Und ihre Wurzeln hatten dicke Risse in den Asphalt geschnitten. Es war Frühling. Und die Blätter der Bäume die einzigen Farbtupfer in dieser trostlosen Gegend.

Vor vierzig Jahren hatte mich der Bus zum ersten Mal hier abgesetzt. Hier, an der Ecke der Zechensiedlung. Damals hatte ich ihn zum ersten Mal gesehen: Den sandsteinfarbenen Bau aus der Gründerzeit. Mit seinen drei Stockwerken, die den Krieg wohl unbeschadet überstanden hatten. Er war viel größer als die Häuser, die ihn umgaben. Viel größer vor allem, als die kleinen Lehmhütten in meinem Heimatdorf. Der Eingang hatte auch heute noch etwas pompöses. Mit seinen fünf breiten Stufen, die zu einer schweren, rundbogigen Tür aus massivem Holz führten. Und dem grünen Neonschild, auf dem in meterhohen Buchstaben stand, welchem Zweck das Haus irgendwann einmal gedient hatte: »Hotel ...« Der Rest war nicht mehr zu entziffern. Die Buchstaben waren abgefallen. Ein Hotel ohne Namen – im Frühjahr 1964 war es mein erstes Zuhause in Deutschland gewesen.

Ich lebte damals in einem kleinen Dorf im Südosten Anatoliens. In den kurdischen Bergen, an den Quellen von Euphrat und Tigris. Die meisten von uns bestellten die Felder oder züchteten Vieh. Sie taten das Gleiche wie die Generationen vor ihnen. Aber die Zeiten hatten sich geändert. Die Arbeit reichte nicht mehr für alle. Einige aus dem Dorf bauten an der Straße, die unsere Provinz mit der Stadt Dyarbakir verbinden sollte. Aber für viele gab es gar nichts zu tun. Doch dann erzählte man uns, dass es in Deutschland Arbeit gibt. Dass man uns dort braucht. Dass das Geld ausreichen würde, um auch die Familien daheim zu ernähren. Und dass man irgendwann als gemachter Mann wieder zurück kehren würde. Man zeigte uns Bilder. Von gut gekleideten Menschen, die über die sauberen Straßen ihrer Städte flanieren. Die mit Tüten bepackt aus riesigen Kaufhäusern strömen. Und die ihre Freizeit in Cafés oder auf Tanzveranstaltungen verbringen. Wir haben nicht lange gezögert. Schließlich sollte es nur für ein paar Jahre sein. Einmal im Jahr würden wir für ein paar Wochen in die Heimat fahren, das hatten sie uns versprochen. An einem sonnigen Tag im Frühjahr war es dann soweit. Das ganze Dorf hatte sich versammelt, als wir uns zu viert auf den Weg machten. Es war ein tränenreicher Abschied. Aber wir waren frohen Mutes.

Nach Deutschland kam man nur über Istanbul. Der Bosporus war der Umschlagplatz für Gastarbeiter, das Tor zum Westen. Nach zwei Tagesreisen durch die kurdischen Berge, die anatolischen Ebenen, über Ankara und Sivas waren wir endlich da. An der Brücke, die Asien von Europa trennt. Der Grenze, die wir um jeden Preis passieren mussten. Aber erst einmal mussten wir warten. Warten, bis man die Papiere geprüft hatte. Papiere von etwa 150 Leuten, die das selbe Ziel hatten wie meine drei Freunde und ich. Wir waren in einer alten Kaserne untergebracht. In den Baracken hatten sie Pritschen aufgestellt. Und wenn wir schliefen, dann träumten wir von der Zukunft. Von einer Zukunft, die nur besser werden konnte als das, was hinter uns lag. Nach einer Woche war es endlich soweit. Sie führten uns in eine große Halle. Zwei Männer in weißen Kitteln warteten dort. Jeder von uns musste sich ausziehen. Wir wurden gewogen und vermessen. Wir mussten Kniebeugen machen und Liegestützen. Man untersuchte unsere Zähne und unsere Augen. Und man stellte uns Fragen. Aus welcher Region kommst du? Bist du politisch aktiv? Warum willst du nach Deutschland? Wie lange willst du bleiben? »Nur zwei Jahre«, antwortete ich. Zwei Jahre würden wohl reichen, um ein kleines Vermögen zu machen. Um als gemachter Mann wieder zurück zu kommen. Zurück in die Heimat. Zurück in die Berge, an die Quellen des Euphrat und Tigris. An denen immer die Sonne scheint. In Deutschland regnete es.

»Typisches Aprilwetter«, sagte der Dolmetscher. Er war schon seit zwei Jahren in Deutschland, und bis auf das Wetter schien es ihm gut zu gefallen. An der deutsch-österreichischen Grenze war er in unseren Zug gestiegen. Und hatte seitdem nicht mehr aufgehört zu reden. Er war mit einer Deutschen verheiratet und hatte schnell einen Job als Dolmetscher bekommen. Schließlich kamen täglich neue Gastarbeiter aus der Türkei. Ein paar Jahre wollte er noch »gutes Geld« verdienen und dann wieder zurück nach Hause. Er hatte einen noch weiteren Weg zurückgelegt als meine drei Freunde und ich. Sein Dorf lag in der Nähe von Mardin, also direkt an der syrischen Grenze. Und unser gemeinsames Ziel lag im Nordwesten von Deutschland, in einer Stadt im Ruhrgebiet. Am späten Nachmittag bog unser Bus in die Zechensiedlung ein. Als wir vor dem Hotel hielten, hatte es aufgehört zu regnen.

Die schwere Tür machte ein seltsames Geräusch. Ich öffnete sie behutsam, so, als könnte das alte Holz jeden Moment bersten. Durch ein paar dicht geflochtene Spinnennetze trat ich ein in den Empfangsraum des Hotels. Trotz der dicken Staubschicht, die alles bedeckte, versprühte das geräumige Foyer noch den Glanz der Gründerzeit. An der Decke des hohen Raumes, inmitten von blumenreichen Stuckarbeiten, hing noch immer der monströse Kronenleuchter. In der rechten hinteren Ecke stand noch immer die massive Theke der Rezeption. Wie damals sah ich einige Meter vor mir die breiten Holzdielen des Treppenhauses. Wieder setzte ich meinen Fuß auf den dunkelroten Teppich, mit dem der gesamte Boden ausgelegt war. Und wieder kamen die Bilder aus der Vergangenheit.

»Viel Glück«, sagte der Dolmetscher, als er sich vor dem Hotel von uns verabschiedete. »Ihr werdet es schon schaffen.« Mit diesen Worten verschwand er aus unserem Leben. Ein neues Leben, von dem wir nichts wussten. Vor dem wir auch ein bisschen Angst hatten. Denn niemand hier verstand unsere Sprache. Niemand konnte Türkisch, geschweige denn Kurdisch. Und keiner von uns sprach auch nur ein deutsches Wort. Aber das würde schon werden. Den Menschen im Westen Deutschlands ging es gut. Niemand musste hungern, und mit der Wirtschaft ging es stetig bergauf. Ein kapitalistisches System, gegen das man sich im Osten Deutschlands abschottete. Vor nicht allzu langer Zeit hatten sie dort die Mauer gebaut. Um den Flüchtlingsstrom in den Westen aufzuhalten.

Dafür strömten nun Hunderttausende aus dem Süden Europas. Landarbeiter, die wie ich dem Ruf gen Norden gefolgt waren. Die wie ich nicht viel gelernt hatten. Die man in den Zechen und Stahlwerken der deutschen Industrie brauchte. Nur ein paar Monate nach meiner Ankunft begrüßte man schon den millionsten Gastarbeiter. Ein Portugiese. Aber vor allem aus der Türkei sollten noch Millionen folgen. An der Rezeption gab man uns die Schlüssel. Zimmer 11 und 12. In drei anderen Zimmern wohnten Italiener aus Neapel. Gastarbeiter wie wir. Deutsche Gäste sahen wir selten. Die kamen meistens nur für eine Nacht. Und wenn sie morgens aufwachten, dann waren wir längst bei der Arbeit.

Es war Frühling, als wir zum ersten Mal die Sirene hörten. Das Zeichen zum Schichtbeginn. Die Sonne erhob sich am Horizont und die Fahrstühle senkten sich in die Tiefe des Erdreichs. Meine Freunde aus der Heimat waren jetzt Kumpels. Genauso wie die Männer aus Italien, Spanien und Griechenland. Genauso wie die deutschen Bergarbeiter, mit denen wir jeden Morgen gemeinsam unter Tage fuhren. Geredet wurde nicht viel. Jeder blieb in seiner Gruppe, denn niemand kannte die Sprache des anderen. Aber wir alle lernten die Sprache der Arbeit. Wir gewöhnten uns an die Befehle des Steigers, an das ständige Rattern der Bohrmaschinen und an das Leben in einer ewigen Nacht. Das Tageslicht sahen wir auch später nicht. Später, als sie uns im Stahlwerk am Ruhrufer Arbeit gaben. Dort, wo die Winter wärmer waren als die Sommer in Anatolien. Und das Leben gefährlicher als in den Bergen Kurdistans.

Die zwei Jahre, die ich in der Fremde verbringen wollte, waren schnell vergangen. Das Geld, das ich bei der Arbeit verdiente, war schnell wieder ausgegeben. Denn das Leben in Deutschland war teuer. Und es war einsam. Außer meinen Freunden und den Arbeitskollegen hatte ich niemanden. Niemand, mit dem ich die langen Nächte oder die Wochenenden verbringen konnte. Niemand, mit dem ich eine Familie gründen konnte. Meine drei Freunde waren alle älter als ich. Sie hatten geheiratet, bevor wir unser Dorf verließen. Und nach einigen Jahren ihre Frauen in die neue Heimat geholt. Genauso wie sie wollte auch ich noch ein bisschen in Deutschland bleiben. Und genauso wie sie brauchte ich eine Frau. Also machte ich mich auf die Suche. Nicht besonders lange. Denn die türkischen Frauen in Deutschland waren alle verheiratet. Und zu deutschen

Frauen hatten wir keinen Kontakt. Ich musste also zurück. Zurück nach Kurdistan, um dort zu heiraten.

Sechs Wochen später kam ich in meinem Dorf an. Der Chef auf der Zeche hatte den Urlaub genehmigt. Drei Wochen hatte ich also Zeit, um eine Frau zu finden und zu heiraten. In meinem Dorf war nicht viel zu holen. Die wenigen Frauen, die noch zu haben waren, gefielen mir nicht. Also dehnte ich meine Suche auf die ganze Region aus. Ich besuchte Freunde und Verwandte, ging auf Hochzeiten und Beerdigungen. Jedem erzählte ich von meinem Plan. Besonders natürlich den Vätern, die Töchter im heiratsfähigen Alter hatten. Das waren nicht wenige. In meiner Heimat versucht jeder Vater, seine Tochter so schnell wie möglich unter die Haube zu bringen. Die Chancen standen also nicht schlecht.

Eine Woche lang ließ ich meine Beziehungen spielen. Doch die Frauen, die man mir vorstellte, entsprachen nicht meinen Vorstellungen. Keine von ihnen war die Frau meiner Träume, meiner schlaflosen Nächte in den zwei Jahren Deutschland. Ich hatte den Mut schon fast aufgegeben. Doch dann half mir der Zufall auf die Sprünge. Ich war gerade bei Verwandten in der Stadt. Und bei einem Spaziergang durch die Nachbarschaft – da sah ich sie plötzlich. Sie saß auf der Veranda, im ersten Stock eines weißgetünchten Hauses. Auf ihrem Schoß lag ein Buch, ihre Augen blickten verträumt in die Ferne. Ich blieb auf der anderen Straßenseite stehen und beobachtete sie. Ihre schlanke Figur zeichnete sich unter einem roten Baumwollkleid ab. Langes schwarzes Haar bedeckte ihre nackten Schultern. Und mit ihrer tiefbraunen Hautfarbe sah sie aus wie eine indische Göttin. Sie war eine Schönheit, und es fiel mir schwer, meine Augen von ihr zu wenden. Erst als sie meine Blicke bemerkte, ging ich langsam fort. Aber als ich mich einige hundert Meter später noch einmal umdrehte, da schaute sie immer noch. Vielleicht hatte ja auch ich ihr ein wenig gefallen. Wenigstens hat sie sich in ihr Schicksal gefügt, als ihr Vater mir sein Einverständnis gab. Denn Liebe hat sie damals noch nicht für mich empfunden. Und mit einem fremden Mann nach Deutschland auszuwandern – das hatte sie sich wohl in ihren schlimmsten Träumen nicht ausgemalt. Doch mit der Zeit würde sie sich daran gewöhnen, dachte ich. Aus Gewöhnung würde Zuneigung werden. Und aus Zuneigung schließlich Liebe. Wir bezogen eine kleine Wohnung in der Nähe des Stahlwerks. Und als wir fünf Jahre später eine richtige Familie waren, nahmen wir uns eine größere. Die Nachbarn waren zurückhaltend. Aber nach einer gewissen Zeit vergaßen sie ihre Vorurteile und akzeptierten uns. Wir bewunderten die Deutschen. Ihren Fleiß, ihre Pünktlichkeit, und vor allem die Tatsache, dass sie ein zerstörtes Land in eine blühende Landschaft verwandelt hatten. Langsam schlossen wir Freundschaften mit unseren Nachbarn. Wir lernten ihre Sprache und schickten unsere drei Kinder auf ihre Schulen. Und irgendwann fühlten wir uns nicht mehr wie Gäste, die bald wieder abreisen würden. Sondern wie gleichberechtigte Bürger, die lediglich einen anderen Pass hatten. An eine Rückkehr in die Heimat dachten wir immer noch. Aber wir verschoben sie auf irgendwann.

Mit den Jahren kamen immer mehr Gastarbeiter in unser Viertel. Die Deutschen zogen fort und hinterließen ein Ghetto. Ein Ghetto, in dem bald nur noch Türken wohnten. Türken und Kurden. Die Politik hatte mich schon immer beschäftigt. In der Türkei war sie allgegenwärtig, man konnte sich ihr nicht verschließen. Doch wenn man am Leben bleiben wollte, dann war man nur heimlich aktiv. In einer Partei, die für die Menschenrechte eintrat. Oder in einer Bewegung, die für die Unabhängigkeit kämpfte.

Mit den Millionen von türkischen Gastarbeitern kam auch unsere Politik nach Deutschland. Und die deutsche Öffentlichkeit wurde aufmerksam auf ein Problem, das es in der Türkei schon seit Jahrzehnten gab. Helfen wollte uns trotzdem niemand. Unsere Flugblätter druckten wir selbst, und unsere Zusammenkünfte fanden in einem Keller statt. Im Keller des alten Hotels, das damals mein erstes Zuhause gewesen war. Gäste gab es in dem Hotel schon lange keine mehr. Und auch die Gastarbeiter brachte man nicht mehr in die Fremdenzimmer im ersten Stock. Ich selber hatte damals nicht länger als drei Monate dort gewohnt. Dann hatte man mir und meinen Freunden eine andere Unterkunft zugewiesen. Eine alte Baracke, in der mehr Platz war für die vielen, die uns gefolgt waren. Aus der ich erst nach meiner Hochzeit, nach meinem Urlaub in der Heimat ausgezogen war. So wurde das Hotel zehn Jahre nach meiner Ankunft in Deutschland zu unserem Treffpunkt. Ein Ort, an dem wir Freundschaften schlossen. Nicht mit den Deutschen, sondern mit ihren

Gästen: den Italienern, Spaniern und Griechen – den Kumpels aus der Zeche, den Kollegen aus dem Stahlwerk. Die Räume des alten Hotels wurden an politische Gruppen vermietet. Und im Foyer gab es kulturelle Veranstaltungen. Aus dem Hotel war ein internationaler Ort geworden. Mit den Jahren ging ich immer öfter dorthin. Und schließlich kam ich fast jeden Tag. Denn nach 20 Jahren in Deutschland hatte ich plötzlich keine Arbeit mehr. Das Stahlwerk brauchte mich nicht mehr, die Hälfte der Arbeiter war entlassen worden. Die meisten Zechen hatten ihre Tore schon Jahre zuvor geschlossen.

Nur stählerne Fördertürme und begrünte Abraumhalden erinnerten noch an die einst blühende Wirtschaft. Das Arbeitslosengeld war schnell verbraucht, die Sozialhilfe reichte nicht für die Familie. Der Traum vom gelobten Land – was war davon geblieben? Nicht mehr als der Gedanke an die Rückkehr in die Heimat. Aber würde man dort nicht auch ein Fremder sein? Ein Deutschtürke, der es nicht geschafft hatte? Nein, nach so langer Zeit konnte man nicht mit leeren Händen zurückkehren. Irgendwann würden bessere Zeiten kommen. Und so ging ich weiter zu den Treffen in das Hotel am Rande der Siedlung. Die Stufen kamen mir jetzt höher vor. Für jede einzelne brauchte ich nun zwei Schritte. Nur mit Mühe erreichte ich den ersten Stock. Dort, wo sich die Zimmer 11 und 12 befanden. Dort, wo vor 40 Jahren alles angefangen hatte. Die Nummern standen noch auf den Türen, gebogenes Messing formte die Zahlen. Doch aus den Räumen war alles Leben verschwunden. Die Möbel hatten sie damals wahrscheinlich verkauft. Damals, als das internationale Zentrum für immer seine Türen schloss. Das alte Hotel sollte abgerissen werden, um einem größeren Wohnhaus Platz zu machen. Doch dann stellte man es unter Denkmalschutz. Beinahe zehn Jahre ist es nun schon her. Zehn Jahre, in denen ich nicht mehr hier gewesen bin. Hier, am Rande der Arbeitersiedlung. Die Kinder waren damals längst fortgezogen. Wir waren stolz, dass sie studieren konnten. Dass sie es einmal besser haben würden. Und als die Kinder fort waren, da waren sie wieder gekommen: Die Gedanken an eine Rückkehr in die Heimat. Doch wie immer verschoben wir das auf später.

»In einer Stunde komm ich hier wieder vorbei« hatte der Busfahrer gesagt. Die Stunde war vorbei. Und damit auch meine Reise in die Vergangenheit. Eine Reise, die nicht meine letzte sein würde.

Nach vierzig Jahren hatten wir uns endlich entschlossen, zurück zu kehren. In unsere Heimat. Die kurdischen Berge, die wir so schmerzlich vermisst hatten. Hier in Deutschland würde uns niemand vermissen. Und unsere Kinder kämen uns sicher besuchen. Sie haben ein anderes Leben in Deutschland. Sie sind hier geboren, und mit der Kultur dieses Landes aufgewachsen. Aber trotzdem haben wir ihnen die Kultur unserer Heimat mit auf den Weg gegeben. Sie fühlen sich in beiden Kulturen zuhause. Wir dagegen haben immer nur in der Vergangenheit gelebt. In einem Land, in das wir nun als Fremde zurückkehren werden. Doch so fremd wie in den vierzig Jahren Deutschland würden wir dort niemals sein.

Wer weiß, vielleicht werde ich Deutschland irgendwann noch einmal besuchen. Vielleicht wird es dann keine Fremden mehr geben, keine Gäste, die nur vorübergehend ihre Arbeitskraft ausleihen. Keine Unternehmen, die ihre Arbeiter ausbeuten. Keine Regierungen, die Minderheiten verfolgen. Und keine Grenzen, die der Gemeinschaft der Kulturen im Wege stehen. Vielleicht wird dann auch mein Hotel wieder ein internationaler Ort sein. Und in leuchtend grünen Buchstaben wird ein richtiger Name über dem Eingang stehen: »Hotel Europa«.

Die Autoren:

Britta Bohnerth, Jahrgang 1972, stammt aus Oberhausen. Sie studierte alte und mittelalterliche Geschichte und arbeitet als Physiotherapeutin in Dinslaken.

Kerstin Bohnerth, Jahrgang 1971, schrieb die Kurzgeschichte gemeinsam mit ihrer Schwester Britta. Die Diplom-Heilpädagogin ist nach einigen Jahren in Köln wieder im Ruhrgebiet daheim und arbeitet in Recklinghausen.

Michael Dilly, Jahrgang 1965, realisiert als freischaffender Künstler verschiedene Kulturprojekte im Revier. Der Gewinner des Oberhausener Literaturpreises schreibt neben Geschichten auch Musik.

Ulf Göres, Jahrgang 1966, wurde in Orsoy geboren und lebt in Moers. Er arbeitet als Fachjournalist und Buchautor. Der Politologe und Medientechniker hat an vielen Multimedia- und Videoproduktionen mitgearbeitet.

Anna Bella Heinemann, Jahrgang 1977, studiert in Bielefeld Literaturwissenschaft. Sie ist Moderatorin beim Campusradio und schreibt Gedichte, die sie beim Poetry-Slam vorträgt.

Karl Kleemann, Jahrgang 1963, würde in Remscheid geboren und war in verschiedenen Medien- und Designbüros tätig. Er arbeitet als Lehrer an einem Neusser Berufskolleg und wirkte am Layout dieses Buches mit.

Gundula Kuhlbrock, Jahrgang 1966, lebt an verschiedenen Orten und arbeitet als Fotojournalistin. Die gebürtige Duisburgerin ist Revierinsidern durch ihre Christoph Schlingensief Bilder ein Begriff.

Tobias Lobstädt, Jahrgang 1969, arbeitet in Gelsenkirchen als Diplom-Pädagoge in der politischen Erwachsenenbildung. Er koordiniert die Zusammenarbeit der Beteiligten an diesem Buchprojekt.

Stefan Lüttgens, Jahrgang 1965, wohnt und arbeitet in Köln. Er studierte in Duisburg und ist in der Öffentlichkeitsarbeit für Agenturen und Unternehmen tätig.

Dominic Mc Vey, Jahrgang 1967, wurde in Dublin geboren und wuchs im Ruhrgebiet auf. Er lebt in Köln und arbeitet als freier Journalist für Print-, Hörfunk- und Onlineredaktionen.

Jürgen Schleuter, Jahrgang 1966, lebt in Duisburg. Er studierte Wirtschaftswissenschaften, arbeitet als Kommunikations- und New Media Experte und kümmert sich in diesem Projekt um Finanzierung und Sponsoring.

Tom Westerholt, Jahrgang 1975, ist in Lübbecke aufgewachsen und wohnte während seines Volontariats beim Radio im Ruhrgebiet. Er lebt als Autor und Moderator in Köln und arbeitet unter anderem für den WDR.

Der Illustrator:

Herbert Menzel, Jahrgang 1968, stammt aus dem Ruhrgebiet und wohnt in Koblenz, wo er als Grafikdesigner arbeitet. Er zeichnete dieses Buch, entwarf das Layout und bereitete den Druck vor.
Unter anderem wurden von ihm das Hobbit-Kochbuch »Rezepte aus dem Auenland« illustriert und der kulinarischen Führer »Trester – Das Elixier der Moselsonne« herausgegeben.

Das Projektteam:

Annette Bohlmann, Jahrgang 1967, stammt aus Duisburg und arbeitet in Köln. Sie ist Marketing-Managerin und hat das Endlektorat des Buches übernommen.

Corinna Ewert, Jahrgang 1969, wohnt und wirkt als Sozialarbeiterin in Oberhausen. Im Projektteam arbeitet sie an der Realisierung der Lesungen mit.

Peter Feller, Jahrgang 1968, kommt aus Oberhausen und lehrt an einem Berufskolleg in Mönchengladbach die Fächer Deutsch und Gestaltungstechnik. Er arbeitete am Layout des Buches mit und bereitete den Druck vor.

Carsten Grün, Jahrgang 1967, lebt in Oberhausen und arbeitet als Journalist für verschiedene Print- und Rundfunkmedien. Im Projekt ist er für die Presse- und Öffentlichkeitsarbeit zuständig.

Ulrich Lippe, Jahrgang 1965, wurde in Oberhausen geboren, studierte in Duisburg und arbeitet in Düsseldorf als Unternehmensberater. Er organisiert die Lesungen des Buchprojekts.

Matthias Mietzsch, Jahrgang 1965, wurde in München geboren, wohnt in Duisburg und leitet eine Versicherungsagentur in Oberhausen. Er plant die Projektevents mit und moderiert die Lesungen des Buches.

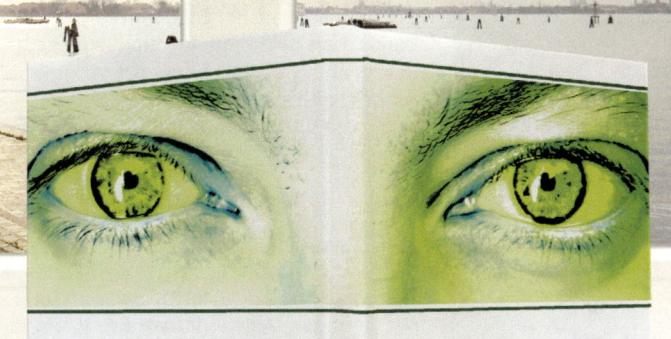

Weitere Titel BOD Regional

Sandra Lüpkes: Wellengang

ISBN 3-8334-0706-9, Pb, 136 S., € 8,90

Die dreizehn Krimis, die von Dorftratsch, Sturmfluten, Provinzeiern und Ehedramen zwischen Dünen und Deich erzählen, versprechen Spannung auf engstem Raum und bereichern die norddeutsche Landschaft um kleine kriminalistische Glanzlichter. Sandra Lüpkes, erfolgreiche Autorin zahlreicher Kriminalromane, brilliert auch auf der Kurzstrecke.

Bettina Pohlmann: Netzdate

ISBN 3-8334-4669-2, Pb, 184 S., € 10,80

Jola beschließt ihre große Liebe im Internet zu finden: Also loggt sie sich in einer Flirtplattform ein und wird plötzlich zum Zentrum des Interesses von Balletttänzern mit Überbiss, Geschäftsmännern in tiefer gelegten Geländewagen und liebesfrohen Lebemännern. Wer und was wirklich im Leben zählt, erkennt sie erst, als es schon fast zu spät ist ...

Ralf Richert: planet berlin

ISBN 3-8334-3964-5, Pb, 116 S., € 9,90

Ein Roman und Reiseführer. Der Leser schließt die Augen, fühlt die Geschwindigkeit der Stadt, die Beats des Molochs. Er spürt die Spannung, die Berlin wie ein Lichtbogen umschlingt. Ost und West scheinen überwunden zu sein. Vereinen sich zu einem neuen Gefühl, das Wahnsinn heißt. Das Freiheit bedeutet.